億万長者と囚われの君

アン・メイザー 作

麦田あかり 訳

ハーレクイン・ロマンス

東京・ロンドン・トロント・パリ・ニューヨーク・アムステルダム
ハンブルク・ストックホルム・ミラノ・シドニー・マドリッド・ワルシャワ
ブダペスト・リオデジャネイロ・ルクセンブルク・フリブール・ムンバイ

のが聞こえ、完璧でなかったり、ときどき道を踏み外したりして、非常に人間らしい人生を生きているのを感じます。私は彼らの話を“聞いて”いるのだと言ったら、おかしく思われるでしょうか？

それにしても、私が幼い少女の頃からノートに書きつけてきたものが、ついには本になって、私の住む場所から遠く離れた、日本のような国の人々に読まれるなんて、誰が想像できたでしょう？　いまだに信じられません。

とはいえ、私にとってつねにもっとも大切なのはあなたがた、読者のみなさまです。私の本を好きでいてくれる方は世界中にいらっしゃいますが、どの方も誠意ある、とてもいい人ばかりです。みなさまからのお手紙やメールを拝見するときの喜びはいつまでも消えませんし、ひとつひとつに個人的にお返事することも大好きです。

みなさまがこの新作を楽しんでくださることを心から願っています。ジャック・コナリーは私のお気に入りのキャラクターで、私は彼とグレースの物語を非常に楽しく執筆しました。物語の舞台はイングランドの北東部ですが、ここは私の住む場所からそう遠く離れていません。ノーサンブリア湾の景色は実に魅力的で、すばらしいですよ。

そして、そのほかの本も続々お届けできるかと思います！『MORELLI'S MISTRESS（原題／日本では2017年1月に刊行予定)』が今年の終わりに発売されますし、『DANGEROUS TASTE OF PASSION（原題／日本刊行未定)』は2017年に刊行されます。この本と同じく、みなさまがこれらの作品も気に入ってくださいますように。みなさまに好かれることが、私の作品の存在価値なのですから。

みなさまに、心からの愛をこめて。

アン・メイザー

読者のみなさまへ

私の作品が日本のハーレクイン・ロマンスの3200記念号になると知って、本当にうれしいです！　本国の編集者がこのメッセージを執筆するよう依頼してきたときの私の喜びを、ご想像いただけるでしょうか。

思えば私は長らくハーレクインの小説を書き続けてきました――『億万長者と囚われの君』は私の163冊目の小説です。時の流れに沿って、さまざまな時代の変化を見届けてきたものです。

1970年代、私は新しいロマンスのスタイルを追い求めるパイオニアとなる３人の小説家のうちの１人として、ハーレクイン社に選ばれました。そのシリーズはすぐにスタートし、読者のみなさまから多くのお手紙をいただくことになりました。自分の作品をおおいに楽しんでくれた読者たちの声を聞くのは、すてきなことでした。このシリーズはその後、ハーレクイン・プレゼンツとなって名作を生み出し続け、どんどん強力になりました。

その数年後、私の作品『LEOPARD IN THE SNOW（原題）』が映画になりましたが、原作者として映画に関わった経験も、すばらしい思い出となって私の中に残っています。

小説を書くという仕事の中で、わたしはいつもなんらかの形で革新的になることを目指してきました。自分の目標を持って努力することはもっとも困難ですが、やりがいがあって満ち足りていて、そして楽しいことなのです！　おそらくみなさまにも、そのことをおわかりいただけるでしょう。

キャラクターを生み出すというのはあらゆる作家に与えられる特権ですが、私の本に限っては、本の中の人々は本当に存在すると信じてください。彼らの性格を作ったり、吟味したりするとき、私には彼らががやがや騒ぐ

A FORBIDDEN TEMPTATION

by Anne Mather

Published by Harlequin Japan, a Division of K.K. HarperCollins Japan, 2016

アン・メイザー

　イングランド北部の町に生まれ、現在は息子と娘、2人のかわいい孫がいる。自分が読みたいと思うような物語を書く、というのが彼女の信念。ハーレクイン・ロマンスに登場する前から作家として活躍していたが、このシリーズによって、一躍国際的な名声を得た。他のベストセラー作家から「彼女に憧れて作家になった」と言われるほどの伝説的な存在。

主要登場人物

グレース・スペンサー……不動産会社で働く女性。
トム・スペンサー……グレースの父親。
スーザン・スペンサー……グレースの母親。
グラント・ヒューズ……グレースの上司。
エリザベス・フレミング……グレースの同僚。
ウィリアム・グラフトン……グレースの顧客。トムの友人。
ミセス・ノートン……グレースの顧客。
ショーン・ネスビット……グレースの元恋人。
ジャック・コナリー……ショーンの旧友。建築家。
ミセス・ハニーマン……ジャックの家政婦。
リサ……ジャックの妻。故人。
デブラ……リサの妹。大学生。

1

ジャックが家に入ると、電話が鳴っていた。

出たくない。誰からなのかは、容易に想像がつく。義理の妹デブラだ。彼女が最後にかけてきてから、少なくとも三日たっている。そろそろ連絡があってもおかしくないころだ。

亡き妻リサの妹だったデブラは、僕が心配でならないらしい。心配してもらう必要などないのに。一人の生活は、なんの不自由もなく快適だ。

村のパン屋で買った、まだ温かいバゲットをバッグごと御影《みかげ》石の調理台に下ろすと、ジャックはキッチンの壁から受話器を取った。

「もしもし」セールスの電話だったらいいのだが。しかし、電話の向こうから聞こえたのはデブラ・キャリックの声で、彼の願いは打ち砕かれた。

「なぜ携帯電話を切ったままにしているの？」彼女はいきなり怒りをぶつけてきた。「昨日一回、今日二回電話したのに、ずっと電源が入っていなかったわ」

「やあ、おはよう」ジャックはそっけない口調で言った。「携帯電話を持って歩く必要がどこにある？　君が急いで伝えなければいけない知らせなど、なにもないはずだ」

「そんなのわからないじゃない？　あなたは事故に巻きこまれたり、あのいまいましいヨットから落ちたりするかもしれないわ。そうなってから後悔しても遅いのよ」

「海に落ちたら、携帯電話は使えない」ジャックが平然と答えると、デブラはいらだちのあまり鼻を鳴らした。

「へらず口ばかりたたくのね、ジャック。それで、いつになったら家に戻ってくるの？　あなたのお母さんも心配しているわよ」

たしかに、心配はしているだろう。だが、父や母から……そういえば弟や妹たちからも、いつ帰ってくるのかなどとせきたてられたことは一度もなかった。

家族から離れたいというジャックの気持ちを、彼らは理解していたからだ。だからジャックは、イギリスでもあまり開発の進んでいないノーサンバーランド州の沿岸に立つ家を選んで暮らしていた。

「僕の家はここだ」ジャックは広々とした田舎家のキッチンを誇らしげに見渡した。彼が買ったとき、このリンディスファーン・ハウスは荒れはてていた。居心地がよく気品ある家に生まれ変わったのは、身のまわりのものをスーツケースと段ボール箱につめて持ちこみ、数カ月間ほとんど一人でリフォームを行った結果だ。そしてこの先の人生をどうするか考えるのに、もってこいの場所となった。

「ばかなことを言わないで！　ジャック、あなたは建築家なのよ！　しかも、名の知れた建築家よ。遺産が入ったからって、今後、神に見捨てられた片田舎でのらくらと過ごすつもりじゃないでしょうね！」

「ロスバーンは神に見捨てられた片田舎とは違う。それに、前に住んでいたキルフェニーともたいして変わらない」ジャックはため息をついた。「僕はアイルランドにはいたくなかったんだ、デブラ。君もわかってくれていると思ったが」

デブラは鼻を鳴らした。「そうね、わかっているつもりよ。おばあさんが亡くなって、ついに耐えきれなくなったんでしょう？　でも、あなたの家族はみんなアイルランドにいるのよ。友人もね。私たちはみんな、あなたがいなくて寂しいと思っているの」

「わかっている」それでも、これ以上辛抱強くつき合うのはごめんだった。「もう切るよ、デブラ。誰かが訪ねてきたようだ」

受話器を壁に戻したジャックは、冷たい御影石に手をついて深く息を吸った。デブラが悪いわけではない。頼むから、僕にかまわないでほしいだけだ。

「あの子、あなたに恋をしているのよ」

自己嫌悪に沈んでいるうちに、おもしろがるような声が聞こえてきた。ジャックが顔を上げると、リサが調理台の端に腰かけ、手の爪を見つめている。生きている彼女を最後に見たときと同じ、クロップドパンツとシルクのブラウスという装いで、踵《かかと》の高いサンダルが右足の先で揺れていた。

「デブラは何年もあなたに恋をしているわ。父に紹介するために、私があなたを初めて家に連れていったときからずっとね」

ジャックは体を起こすとリサに背を向け、買ってきたバゲットに手を伸ばした。それからコーヒーメーカーのスイッチを入れ、冷蔵庫からバターを取り出す。バゲットを切ってバターをたっぷりとぬると、リサの視線を気づまりに感じながら口に運んだ。

「アイルランドには戻らないの？」

ジャックがしぶしぶ振り向いたとき、いつもなら消えているはずのうっすらとしたリサの姿は、まだ先ほどと同じ場所にあった。今日は彼をいじめてやろうと決めたようだ。

「戻らなかったらなんだというんだ？」ジャックは水切り台からマグカップを取って、コーヒーを注《つ》いだ。濃いブラックが彼の好みだ。「君こそ、ノーサンバーランドなど好きじゃないだろう？」

「私はただ、あなたに幸せでいてほしいの」

マニキュアをつけたあとよくしていたように、リサは指を広げた。「だからここにいるの」

「本当に？」

彼女の目的は、僕の頭がおかしいとみんなに誤解させることとしか思えない。なにしろ、死んだ人間と話しているのだ。

隙間風が顔に吹きつける。ジャックが再び目を向けたとき、リサは消えていた。

彼女はなんの痕跡も残していなかった。いつもつけていた香水の残り香さえない。ときどき、本当に頭がおかしくなってしまったのではないかと思うことがある。自分が正気だと証明できる根拠はなにもなかった。

リサが姿を見せるようになった当初、ジャックは自分の精神が錯乱したと考えた。彼を診察したダブリンの精神科医は、それがジャックの嘆き方なのだと分析した。だから、ほかの人にリサは見えないのだという。そう言われると、納得できる気がした。

だが、リサはいつまでたっても消える気配がなく、数日おき、あるいは数週間おきに姿を現しつづけた。しまいにはジャックもそんな状況に慣れてしまい、理由をあれこれと気に病まなくなった。

それに、リサが危害を加えたがっていると感じたことは一度もなかった。

ジャックはコーヒーを持ってキッチンを出ると、幅の広い羽目板を使った廊下を通って、日光があふれる居間に向かった。

居間は広々として天井が高く、家具は色の濃いオーク材と革で統一されていた。壁の色は淡く、頭上の梁《はり》はアーチ状で、背の高い窓からは海岸線やブルーグレーの北海を見渡せる。厚い壁にはさまれて突き出した窓の前に置かれているロッキングチェアに座り、彼はブーツをはいた足を窓の下枠にのせた。時刻はようやく午前九時になろうとするところで、これからなにをするかは自由だった。

　こんな一日の始まりが、ジャックは好きだった。オスプレー号に乗って、海に出ようか？　だが五月の終わりとはいえ、北海はまだまだ荒れている。

　しなければならない作業もあるので、ヨットを見には行くつもりだ。それに、ヨットを停泊させている小さな港で、漁師たちと言葉を交わすのも楽しかった。

　仲間を欲しがっているわけではない。二年前に事故で妻を亡くした衝撃から完全に立ち直ってはいないけれど、あとを追いたいとも思っていなかった。

　亡き妻が最初にジャックの目の前に現れたのは、葬式から一カ月ほどたったころだった。キルフェニーの教会にある墓を訪ねたとき、隣にリサが立っていることに気づいたのだ。あの日、彼はもはや無気力ではなくなった。そしてなかば本気で、間違って別の女性を埋葬したのではないかと考えた。

　しかし、そうではないとすぐに思い直した。リサの小さなスポーツカーは、ガソリンを積んだタンクローリーにぶつかり、炎に包まれた。歯型鑑定とＤＮＡ鑑定から、車に残っていた遺体はジャックの妻に間違いないと結論づけられた。唯一無傷だったのは、彼女がはいていたデザイナーズブランドのサンダルの片方だけだった。だから、リサはいつもそのサンダルをはいて現れるのだろう。

現れる理由はわからない。だが、リサは彼女なりに思うところがあって行動している気がする。

僕を挑発するのを楽しんでいるのかもしれない。三年という短い結婚生活の間も、たびたびそうしていたから。

コーヒーを飲みほし、ジャックは立ちあがった。残りの人生を、もしリサが生きていたらと考えて過ごすつもりはない。あるいはデブラが言ったように〝のらくらと〟生きていく気もない。もちろん、幽霊との会話にすべてを費やす考えもなかった。

八時間後、重苦しかったジャックの気分はずいぶんと軽くなっていた。午前中はヨットの気になっていた部分に手を加え、午後になると南西からの穏やかな風が気持ちよかったので、少しばかり海に出た。

新鮮な葉物野菜と水揚げされたばかりの海老《えび》や蟹《かに》を買って、レクサスの後部座席に積みこんだあとは、夕食にロブスターサラダを作ろうとうきうきしつつ帰途についた。

家に戻って、冷蔵庫から取り出したビールを飲んでいたとき、車が砂利を踏んで敷地内に入ってくる音が聞こえた。

来客の予定はないが、誰だろう？　ジャックはビールを置いて玄関に向かい、ようすをうかがった。

ドアベルが鳴った。

「なぜ玄関を開けないの？」

はっと振り返ると、玄関ホールの壁に取りつけられた半月形のテーブルにリサがちょこんと座っていた。「なんだって？」

「早く開けなさいよ」

「今、開けようと思っていたんだ」外にいる人には聞こえないように、彼は低い声で言った。「君には関係ないだろう？　招待してもいない客の相手をするのは、僕なんだから」

「招待していない客は二人いるわ」

「誰なんだ？」

「すぐにわかるわよ」

リサが一日に二度も現れたことを、僕はどう考えればいいのだろう？　彼女を悩ませる来訪者たちなのか？　用心したほうがいいかもしれない。なにしろ、家には僕しかいないのだから。ジャックはかんぬきをはずして玄関を開けた。

そこにいたのは男性だった。ショーン・ネスビットと最後に会ったのはいつだったか？　彼とは一緒に育ち、ともにダブリン大学に進み、最終学年のときは部屋のシェアをした仲だった。しかし大学を卒業後はジャックは建築、ショーンはコンピューターサイエンスと別々の道を歩んだので、キルフェニーの実家を訪ねたときにたまに顔を合わせる程度のつき合いになっていた。

　そして、リサと結婚してからはますます疎遠になっていた。正直に言うなら、ジャックがいちばん会いたくない男だった。

「突然訪ねてきて、迷惑だったかな？」

「いや、そんなことはない」ショーンが差し出した手を、ジャックは握った。「だが、いったいロスバーンでなにをしている？　僕がここにいると、なぜわかったんだ？」

ショーンはにっこりした。「僕はコンピューターの専門家だぞ」そう言って、乗ってきたシルバーのメルセデスベンツのほうを振り向いた。「実は、ガールフレンドも一緒なんだ。じゃまをしてもかまわないか？」

　なるほど。リサの言ったとおりだ。来訪者は一人ではなかった。だが……。

「もちろん」ジャックは気が進まないそぶりなどおくびにも出さずに言ってから、ちらりと背後に目をやった。テーブルには誰もいない。リサは姿を消していた。

「よかった！」

　ショーンが車に戻ると、自分が作業着のままだったことにジャックは気づいた。カーゴパンツにはペンキがつき、黒いトレーナーはよれよれになっている。

ショーンは助手席のドアのほうにまわった。けれど、彼がドアに手を伸ばす前に、中にいた若い女性が車からすべるように出てきた。玄関先にいるジャックには、その女性が痩せていて背が高く、ジーンズに白いTシャツ姿であることしかわからなかった。

踵の高いブーツをはいた女性は、中肉中背のショーンと同じくらいの背丈だった。赤みがかった豊かな金色の巻き毛は、ポニーテールにまとめている。

女性はなかなかジャックのほうを見ようとしなかった。僕が歓迎していないように、彼女もいやいや連れてこられたのではないか？　それでも、友人をそっけなく追い返すわけにはいかない。

ショーンが女性の腰に腕をまわして引き寄せようとすると、ジャックはうらやましさで一瞬胸に痛みを感じた。最後に女性を腕に抱いたのは、いつだったか？

しかし驚いたことに、女性はするりと身をかわし、一人でこちらに向かってきた。

次の瞬間、ジャックはみぞおちを殴られたような衝撃を受けて息をのんだ。腹の中に火がついたように、下腹部がかっと熱くなっている。まったく思いがけない反応だった。そして、言うまでもなく不適切だった。彼が感じたのは、欲望だったからだ。彼女はショーンのガールフレンドだぞ。二人がけんか中であったとしても、その隙につけこんでいいはずはない。

それでも、女性はすてきだった。上を向いた丸い胸の先が、Tシャツの薄いコットンの生地を通してはっきりと浮かびあがっている。太腿は細くて形がいいので、果てしなく続いていると言いたくなるほど脚が長く見えた。

ゆったりしたカーゴパンツをはいていて、本当に助かった。ショーンに気づかれるかもしれないと思うと、冷や汗が出そうになる。

だから、リサは僕にドアを開けさせようとしたのか？ いかにも気まぐれな彼女らしい。僕を翻弄して楽しむところは、死んでからも変わらないようだ。

ショーンのガールフレンドは、リサとはまるで似ていなかった。リサは小柄でブロンドで陽気な女性だった。そして浮気性だった。だが、外見から判断する限り、目の前の女性に浮ついたところなど少しもない。彼女がジャックに向ける視線は、落ち着き払っているというよりは無関心でしかないか、または軽蔑しているかのようだった。まるで彼の頭によぎったものを、見透かしているみたいだ。

ショーンが二人を引き合わせた。「こちらはグレース・スペンサー、そしてこちらはジャック・コナリーだ」グレースの美しい緑色の目にはよそよそしい表情が浮かんでいたが、彼女がしぶしぶ手を差し出したので、ジャックも握手をしないわけにはいかなかった。

「やあ」彼の汗ばんだ手とは対照的に、グレースのほっそりした指はとても冷たかった。

「こんにちは」声も表情に負けないくらい冷ややかだ。「ご迷惑でないといいのだけれど。ショーンに一緒に来てほしいと言われたの。道案内として」

「僕は……いや、迷惑だなんてことはない」

グレースの英語にはかすかなアクセントがある。このあたりの出身なのだろうか？　ショーンとはどうやって知り合ったのだろう？

「ロスバーンには詳しいのか、グレース？」

「ここで生まれ育ったの」彼女がそう言うと、ショーンが口をはさんだ。

「ご両親がパブを経営しているんだ。グレースは大学へ進学するために家を出て以来、ずっとロンドンに住んでいる」

ジャックはうなずいた。二人のつながりがなんとなくわかった。たしか、ショーンはロンドンで働いていると聞いた覚えがある。

「でも、もうロンドンの住まいは引き払ったの」グレースは警告とも取れる表情をショーンに向けた。「母が病気になったので、ロスバーンに戻ることにしたから。ショーンは今までどおり、ロンドンで暮らしているわ。今回はたまたま訪ねてきただけなのよね？」

その言い方には拒絶がはっきりと聞き取れ、ジャックはますます気持ちが重くなった。二人の間になにがあったにせよ、巻きこまれるのはごめんだ。ショーンは自分たちを幸せなカップルだと思わせたがっているようだが、まったくそんなふうには見えない。

「どうかな」ショーンは肩をいからせ、ジャックにぎこちない笑みを向けた。「僕がなぜ君の居場所を突きとめたか、聞きたいだろう？」

「まあ、そうだね」

「実は、アイルランド系の人間がこの古い家を買ったと、グレースの父親から聞いたんだ。それが君だったとは。世間は狭いな」

「それじゃあ、これから毎週、グレースや彼女のご家族に会いに来るのか？」

「そうだな――」

「いいえ！」

ショーンと同時に答えて、グレースの頬がかっと赤くなった。

「できる限り、来ようとは思っている」ショーンの瞳の薄い青が、突然怒りで濃くなった。「グレース、君のご両親は僕が顔を出すと喜ぶだろう？　僕に大切にされていないと勝手に思いこんでジャックをとまどわせるなんて、大人げないぞ」

2

グレースは腹をたてていた。やっぱり、一緒に来てほしいというショーンの説得に応じたのは間違いだった。

でも両親は、私が彼と結婚するものと思いこんでいる。そんな相手の頼みを断れば、なにかがおかしいと疑われるに決まっているから、断れなかったのだ。

そのせいでジャックにも誤解されてしまったようだが、他人の前でショーンと言い争うのはいやだった。

こんなはずではなかった。初めてショーンに会ったとき、グレースは彼の気さくなところに惹《ひ》かれた。あのころはまだ若くてあさはかで、彼の言葉をすべて真実と思いこんでいた。人あたりがよく学のある男性といるだけで、どこか誇らしげな気持ちになったものだ。

私はどれほど人を見る目がなかったのか。

最大の間違いは、ショーンを両親のもとへ連れていったことだ。楽に儲《もう》けられるという言葉に乗せられ、グレースの父はパブを抵当に入れて、ショーンが立ちあげようとしているウェブサイトに資金を提供した。

グレースは父をとめようとした。当時はシ

ョーンと結婚するつもりだったけれど、ウェブサイトで成功するかどうかは危険な賭だからだ。

だが、トム・スペンサーは娘の言葉に耳を貸そうとしなかった。娘の将来を思う父の気持ちは、グレースもうれしかった。と同時に、ウェブサイトが失敗したらと思うと心配で眠れない夜が続いた。

そして、不安は現実のものとなった。それまでにショーンが手を出したほかの事業と同じく、ウェブサイトも夢のままで終わったのだ。パブがいつ人手に渡ってもおかしくない状況にあるなんて、両親は想像すらしていない。父が投資したお金を取り戻せるなら、グレースはなんでもするつもりだった。

母の体調が悪いのに、これ以上両親にショックを与えるわけにはいかない。そういうわけで、ショーンとつき合っているふりも続けていた。

グレースはジャックの家を一刻も早く出たかった。彼が私たち二人を歓迎していないのは明らかだ。なのに、なぜショーンは気づくそぶりも見せず、ぐずぐずと居座りつづけているのだろう？

立ち去る言い訳をさがしていると、間の悪いことに、ジャックは自分の態度がそっけないと気づいてしまったようだ。「さあ、入ってくれ」二人が中に入ったあと、彼は頑丈な玄関のドアを閉めた。

　ジャックを訪ねるのは、二年前の自動車事故で彼が妻を亡くしたお悔やみを言っていなかったから、というのがショーンの説明だった。父の前でそんな話をされ、案内を頼まれては、グレースには断れなかった。けれど、誰かに同情するなんてショーンらしくもないという疑いも、ずっと頭の隅から消えなかった。自分の利益にならなければ、彼がこんなところへ来るはずはない。

　ジャックは祖母からいくばくかの遺産を受け取り、この家を買ったのだと噂《うわさ》に聞いたことがある。それに対するショーンの見解によると、ジャックは苦しみから逃げているらしい。ノーサンバーランド州へ来たのは、心ゆくまで傷口をなめることができる場所が欲しかったからだろうというのだ。

　けれど実際にジャックと会ってみると、ショーンの見解を鵜呑《うの》みにはできない気がした。ジャックがここでなにをしているのかは知らないけれど、そんな傷を持つ人には見えなかった。しっかりと自立した聡明《そうめい》そうな彼が、誰かの同情を必要としているとは思えない。

　グレースに向けられる視線にも、悲しみに溺れている感じはなかった。それどころか、もし彼女とショーンが本当につき合っていたなら、侮辱と取ってもいい類のものがこもっていた。

男性は誰も信用できないとまでは言わないけれど、ショーンばかりでなく、ジャック・コナリーも信用できないのは明らかだ。ジャックが思わず目を奪われるほど魅力的な点も、グレースは気に入らなかった。浅黒く日焼けした肌は、日の光が降り注ぐ場所で何時間も過ごしていることがうかがえる。父の話では、彼はこの家に住みながらリフォームを行ってきたらしい。

乱れた黒い髪は額にかかり、トレーナーの襟をかすめている。くっきりと浮かびあがった頬骨と薄い唇も、ジャックをますます魅力的に見せていた。

三人は廊下を抜け、煌々《こうこう》と明かりのついている居間に入った。人間性はさておき、ジャックの趣味は悪くないようだ。壁の色は淡く、色の濃い木製の家具はどうやらアンティークらしい。床に敷かれたペルシア絨毯《じゅうたん》は、とろけそうな感触だった。

グレースは窓に近づいた。調度品も魅力的だが、窓からの景色はそれ以上だ。低い岩塀の向こうでは、ごつごつとした岬が弧を描き、草におおわれた崖が砂浜へと続いている。

穏やかな海には、夕日で赤く染まった雲が映っていた。山腹と港の間に点在する家々では明かりがともり、遠いかもめの鳴き声は孤独を嘆く哀歌のように聞こえた。

「こんな格好で申し訳ない」ジャックはペン

キで汚れたズボンを軽くたたいた。「一日じゅうヨットにいて、帰ったばかりなんだ」

「ヨット？　ヨットを持っているのか？」ショーンの目の色が変わった。「それって大富豪が持っているようなやつか？」

その言葉に、グレースの気持ちはいっそう沈んだ。ジャックの妻に対するお悔やみを言いに来たはずなのに、ショーンは話題にすらしない。やっぱりお悔やみうんぬんは、私に道案内をさせる口実にすぎなかったのだ。

ジャックはショーンの言葉を聞き流した。

「飲み物でも取ってこよう」グレースが窓から振り向くと、ジャックの目は彼女に向けられた。「なにがいいかな？」

「ビールはどうだ？」ショーンはグレースの答えを待たずに言った。

「ええと……私はノンアルコールのものがいいわ」明日から新しい仕事を始める予定になっている。ぼんやりした頭で上司と顔を合わせるのだけは避けたい。

「ノンアルコール？」ショーンはあきれた顔をした。「パブで育ったのに？」

ジャックは唇をぴくりと動かしただけだった。「すぐに持ってこよう」

廊下を歩いていくかすかな音で、彼が裸足《はだし》なのにグレースは気づいた。彼女が視線を向けると、ショーンは身構えるように眉を上げた。「なんだよ？　なにが言いたいんだ？」

彼は視線をそらし、うらやましそうな目を調度品に向けた。ソファや肘掛け椅子はゆったりとして座り心地がよさそうだし、書棚には本がぎっしりとつまっていて、飾りだんすには象眼模様が彫りこまれている。「たいしたものだな。家具もずいぶんと高そうだ。一緒に来て、よかっただろう？」

「いいえ……ちっとも」

やっぱり、断るべきだった。わかっていたけれど、ショーンは病的な嘘《うそ》つきだ。

「いかにも金持ちの住まいだな」ショーンは背後の壁にかかっている絵を見つけた。「おい、ターナーだぞ！　信じられるか？」

グレースは返事をする気にもならなかった。

やがて、瓶ビール二本とコーラの入ったグラスを持って、ジャックが戻ってきた。「さあ、座ってくれ」磨きあげられた低いコーヒーテーブルに、彼はグラスを置いた。テーブルには、ヨットの高級雑誌が数冊さりげなく置かれている。

グレースはテーブルのそばにあるベルベット地のソファに座った。ショーンはビールを受け取り、その隣に座った。「ずいぶんと立派な家だな」中身がこぼれるのもかまわず、瓶を振りまわす。「家具はどこでそろえたんだ？　高そうなものばかりだが」

ジャックはオークションで手に入れた、小さな書き物机に腰をのせた。「ほとんどが祖母の使っていたものだ。ほかは、古道具屋で買って自分で修理した」

「嘘だろう！」

「いや、本当だ」ジャックはそう言って、ビールをごくりと飲んだ。「処分してしまうにはもったいなかったからな」

　ショーンは頭を振った。「いつから家具の修理職人になったんだ？　君は建築家だろう？　ああ、わかったぞ。遺産が手に入ったから、働く必要がなくなったというわけか」

　ジャックは言い返したくなるのをぐっとこらえた。「まあ、そんなところだ。ビールはどうだ？」

「ああ、よく冷えている」ショーンはうなずいた。「ちょうどいい感じだ」そして、意味ありげにちらりとグレースを見た。「なにはともあれ、ビールがなくては始まらないよ」

　グレースはうんざりした。なぜ黙ってビールを飲めないのだろう？　本当に気まずくてならない。

　彼女の居心地の悪さを察したかのように、ジャックが救いの手を差し伸べた。「それで、最近はなにをしているんだ？　相変わらず、日本の会社でコンピューターゲームを作っているのか？」

「いや、あの会社はもう辞めたよ。ウェブサイトが軌道に乗るまで、コンサルティングのような仕事で食いつないでいるんだ。君のように遺産が転がりこむなんていううまい話は、誰にでもあるわけじゃないからね」

　ジャックは息を吐いた。いったいなんと答えればいいんだ？　けんめいに笑みを浮かべて、グレースと視線を合わせる。「君はどうなんだ、グレース？」

「彼女は法律の学位を持っているんだ」グレースより先に、ショーンが言った。以前は反感がこめられていたのに、今は誇らしさが感じられる。「公訴局で働いていたんだよ」

「へえ」感心した口調で、ジャックが言った。

「だが、ここには公訴局の仕事などないから」ショーンは辛辣な口調で続けた。「せっかくのキャリアを中断しなければならないんだ」

　グレースはため息をついた。「私は新しく見つけた仕事に満足しているわ。ねえ、ほかの話をしない？」

「でも、不動産会社だなんて！　君にはもっと能力があるのに」

「ショーン！」

　グレースから警告するような目を向けられ、ショーンは顔をしかめた。

「まあ、生活のためだからね。僕も君の会社があるアニックで職をさがそうかな」嘘くさい言葉にグレースは首を振ったが、ショーンは表情を変えなかった。「環境を変えるのも悪くないかもしれない」

「どうかしら」

私がいやがるとわかっていて、わざと言っているのだ。ショーンがノーサンバーランド州へ越してくるなんて、いちばん望まない。

グレースの気持ちに気づいていながら、ショーンは手を伸ばして彼女の手を取った。

「僕が君をどう思っているかはわかっているだろう、ベイビー?」彼は小声で言い、グレースのこぶしに長々とキスをした。「僕たちが問題をかかえているのは知っているが、君がロンドンに戻れば――」

「ロンドンに戻るつもりはないわ、ショーン」完全に離れてしまうと両親のお金が戻ってこなくなるという恐れがあるから、彼と連絡を絶つつもりはなかった。しかし二人の関係が終わったとは、ショーンにもはっきりと伝えている。なのに、こんなふうに第三者の前で話せば、私の気持ちが変わるとでも思っているのだろうか?

二人のやりとりを見守っていたジャックには、ショーンとは対照的に、グレースの態度がひどくそっけなく思えた。

僕の希望的観測なのか? もしそうなら、なぜそんなふうに考えるのだろう?

グレースは巧みにショーンから手を離して立ちあがった。「そろそろ失礼しましょう、ショーン」

ショーンもビールを飲みほすと、瓶を置い

て立ちあがった。

ジャックとは目を合わさずに、グレースはドアへと急いだ。ショーンがとんでもないことを言いだす前に、この場から立ち去りたい。

しかし、残念ながら間に合わなかった。

ショーンがジャックに言ったのだ。「お互いの近況報告でもしないか、ジャック？　来週末はどうだろう？　明日はロンドンに戻らなければならないが、しばらくしたらまたこちらへ来るつもりだ。君の予定は？」

「そうだな……」ジャックは言葉を濁した。

「ウェブサイト事業を立ちあげようとしている僕のアイデアを、詳しく話したいんだ。君もきっと興味を持つと思う」

グレースはうめき声をあげたくなった。いつ言いだすのかと、内心ひやひやしていたのだ。ジャックがロスバーンに住んでいると知ったときから、ショーンの意図はあからさまだった。

ジャックは書き物机から腰を上げて背筋を伸ばし、二人をじっと見つめた。長いまつげの陰になって、目に浮かぶ表情は見えない。でも、彼はショーンの魂胆を正確に察知している気がしてならない。自分が片棒を担いでいるとは思われませんようにと、グレースは必死に願った。

「ああ」やがて、ジャックは気乗りしない声で言った。「考えてみるよ」

廊下を歩きながら、グレースは思った。ショーンが自分以外の人を思いやると信じたなんて、私はどれほど愚かだったのか。おかげでジャックは、私もショーンと同じくらい欲深いのだと軽蔑したに違いない。

ジャックの目は、玄関に向かうグレースへと無意識に引きつけられていた。彼女のヒップはリズミカルに左右に揺れ、ジーンズの股上が浅いせいで色白の肌がちらりと見えている。そして断言はできないが、背中のくぼみには小さなタトゥーがあるようだ。

グレースが振り向いて目が合い、ジャックは一瞬罪悪感にさいなまれた。彼女を品定めする権利など、僕にはない。

だがどんなに気持ちを抑えつけようと、彼女がとてもセクシーな女性であるのは否定できなかった。

両親の経営するパブ〈ベイホース〉の外に出て、グレースはほっとした。家に不満があるわけではなく、また両親と過ごせるのはうれしかった。けれど、今日はひどくストレスのたまる一日で、人々の話し声や甲高い笑い声、駐車場で車のドアを開け閉めする音が、彼女の部屋まで聞こえてきて安らげなかった。

別の住まいをさがすつもりではいた。両親はがっかりするだろうけれど、グレースは一人暮らしに慣れていた。

それに故郷でアパートメントを借りれば、ロンドンの部屋を引き払うという言葉が本気だと、両親にもわかってもらえる。

気持ちのいい夜だったので、グレースは散歩に行くことにした。母はすでにベッドに入っている。乳がんが見つかって化学療法を受けるようになってから疲れやすいのか、横になっている時間が多くなった。

グレースは、その昔足しげく通った港をめざして歩きだした。そして足を動かす間、頭を悩ませている問題を解決する糸口が見つかればいいのに、と思った。

午前中は、不動産会社で約束をしていた客に待ちぼうけを食わされた。午後は午後で、住宅開発業者ウィリアム・グラフトンの誘いをうまくかわさなければならなかった。

四十代後半と思われるグラフトンは、海岸沿いに並んでいる荒れはてたコテージに関心を示していた。ほかの家からは離れているが、休暇用として貸し出せば需要があると考えているようだ。そのあたりは野鳥観察を好む自然愛好家に人気がある場所にもかかわらず、宿泊設備は限られていたからだ。

けれど、グレースにはそんな話も口実としか思えなかった。もともとグラフトンの担当は、上司のグラント・ヒューズだった。なのにグラフトンはグレースを見たとたん、あからさまな興味を示したのだ。

彼女は首を振った。グラフトンは私が彼に関心を持つかもしれないと、本気で思っているのだろうか？　彼は既婚者だし、親子ほど年も離れているのに。

私はこの仕事には向いていないのかもしれない。グレースは思った。接客業よりも、学問の分野で能力を発揮できる職業をさがしたほうがよかったのかも。

ヘアバンドをはずして頭を後ろに傾けると、赤みがかった金色の豊かな巻き毛が肩にこぼれ落ちた。おかげで、何時間も悩まされていたこめかみの痛みがやわらいだ気がした。

ウィリアム・グラフトンの相手をした緊張がまだ解けていなかったことに、グレースはようやく気づいた。あの人にはなにか恐ろしいものを感じるから、次に現れたらグラント・ヒューズに代わってもらおう。

厄介なのは、グラフトンが父の友人であり、〈ベイホース〉の共同経営者でもある点だ。そのうえ不動産会社の顧客とくれば、彼の怒りを買うまねだけは避けなければならない。

グレースは港をめざして丘を下った。ロスバーンの港は活気があり、さまざまなレジャー用船舶が停泊していた。

ジャック・コナリーのヨットも、ここに係留してあるのだろうか？

ふと頭に浮かんだそんな思いを、グレースはあわてて追い払った。ジャック・コナリーについて考えて夜をだいなしにしたくなかった。

港の周辺は静かだった。朝市の名残なのか、埠頭《ふとう》には木箱やロブスターを捕獲するつぼが散在している。しかし、人影はまばらだ。

石の桟橋の先には小さな灯台があり、小型のヨットや競走用ヨット、大海を進む船舶など、種類も数も異なる船が停泊していた。

船で海に出ると想像するたびに、グレースはわくわくしたものだった。大きくなったら漁師になりたい、といつも言っていた。

もっとも、小さなトロール船でひどい船酔いを経験してからは、その気持ちも変わったけれど。

過去を思い出して笑みを浮かべたグレースは、煙草《たばこ》をふかしていた老人と挨拶を交わした。見覚えのある顔だ。ロスバーンでは誰もがお互いを知っている。

桟橋の欄干に両肘をついて、グレースは停泊している船をじっくりと眺めた。

認めたくはないけれど、ジャック・コナリーのような男性はどんなヨットを持っているのかが気になってならない。おそらく、かなり値の張る船だろう。たとえば、デッキが三階建てになっていてぴかぴかに磨きあげられた、あそこにあるヨットのような。

「なにかさがしているのか？」ふいに男性の声がした。

3

後ろめたさのような感情を覚え、グレースはどきりとした。あたりは静まり返っているのに、人が近づいてきたのには気づかなかった。その理由は、足元に目を向けてわかった。彼がはいているカンバス地の長靴は底がゴムになっていて、ほとんど足音がしないのだ。

「ミスター・コナリー」グレースはばか丁寧に呼びかけた。「またお会いできてうれしいわ」

「本当に？」

ジャックはまぶたを半分閉じた鋭い目でグレースを見つめた。なぜ声をかけたのかは、自分でも不思議だった。ほんの十日ほど前は、彼女にもその恋人にも二度と会いたくないと思っていたからだ。

グレースはほっそりした肩をすくめた。襟も袖もないクリーム色のブラウスにネイビーのスーツという仕事着のままだったせいか、半袖のTシャツに黒いジーンズというジャックの格好と比べると、滑稽なほど厚着をしているように思えた。「私……家に帰る途中で」とっさに嘘《うそ》をつくと、彼の表情豊かな口元がへの字に曲がった。グレースの言葉を信じていないのは明らかだ。

どう思われようと気にする必要なんてないはずなのに、グレースはどうしてもジャックを男性として意識せずにはいられなかった。そもそも、今はまだショーンとつき合っているふりをしなければならないのに。

「それは残念」そう言って、ジャックはグレースの隣に並んだ。筋肉質の腕が、欄干にかかっている彼女の手からほんの数センチしか離れていないところに置かれる。「オスプレー号を見に来たのかと思ったよ」

彼のやわらかなアイルランド英語のアクセントに、グレースはベルベットで肌を撫《な》でられたように感じた。「オスプレー号？」

「そう、オスプレー号。僕のヨットだ」

「ああ……」グレースは唇を湿らせた。なんだか息苦しい。「な……なるほど。忘れていたわ。あなたはヨットを持っていたのよね」

「たしかに忘れていたようだな」

からかわれた気がして、グレースはおもしろくなかった。「そうよ」彼女はきっぱりと言った。「ひょっとして、私があなたのヨットをさがしに来たと言いたいの？　あなたに会えることを期待して？」

「おいおい」なんだか楽しんでいるような声だ。「僕はただ――」

「あなたがなにを考えているのかくらいわかるのよ、ミスター・コナリー」グレースはかっとなって言い返した。「あなたのような男性に会うのは初めてではないもの」

「そうだろうな」ジャックは背筋を伸ばした。その表情は冷ややかだ。「失礼なことを言ったつもりはなかったんだ。忘れてくれ」彼はあらためて姿勢を正した。「それじゃあ」

　背を向けたジャックが大きな歩幅で離れていったとたん、グレースは自分を恥ずかしく思った。ジャックが気分を害したのも無理はない。私を落ち着かない気分にさせるからといって、彼が悪いわけではないのだ。「ミスター・コナ……ええと、ジャック！」

　パンプスの踵《かかと》が高いのを恨めしく思いながら、グレースはあわててジャックのあとを追った。石造りの桟橋はところどころでこぼこしていて、彼が立ちどまって振り返るまで、グレースは少なくとも二度足首をひねった。

　歩調をゆるめ、気まずさを感じつつジャックに近づいていく。引きしまった浅黒い顔からは、いかなる感情も読み取れない。

「あの……ただ、ごめんなさいと言いたかったの。大変な一日だったものだから、やつあたりしてしまった気がして」

　ジャックはなにも言わずにグレースを見つめた。わざわざ謝罪の言葉を口にしたのは、ショーン・ネスビットを思ってなのか？

　彼女のシルクのブラウスの下では、豊かな胸がせわしなく上下している。前回会ったときのTシャツほど胸の形はよくわからないが、セクシーであることに変わりはなかった。丈の短いスカートからは、長くてすてきな脚が伸びている。そして、どうやら素足らしい。その脚をスカートの中まで撫でてあげるところが、突然ジャックの頭に浮かんだ。

グレースがさらに近づくと、いい香りがした。ほのかな花の香りだけでなく、麝香《じゃこう》のような匂いもまじっている。あわてて追ってきたせいで、頬には赤みが差していた。

「かまわない」ジャックは平静を装い、のんびりした口調で言った。「僕にも昔はそんな日があった」もう少し言わなければいけない気がして、彼は続けた。「仕事の調子はどうだ？」

「順調よ」グレースは肩をすくめた。「たぶん」

「たぶん？」

ジャックの黒い眉が上がり、グレースは顔をゆがめた。「アニックみたいな近くの町で働けるのはうれしいけれど、不動産業のように、ものを売る仕事に向いているかどうかは疑わしくて」

ジャックはジーンズの後ろのベルトループに両手の親指を引っかけ、同情するように彼女を見た。「始めたばかりだろう？　決めつけるのは早すぎないか？」

グレースはため息をついた。「まだ二週目

よ」

「それなら、もう少しようすを見ればいい」

「そうするべきなんでしょうね」

ひどくおもしろみのないアドバイスなのは、ジャック自身もわかっていた。リサが亡くなってからというもの、どこか異性を拒絶しがちだったせいだろうか。少なくとも、目の前の女性が僕の人生に現れるまではそうだった。

グレースを見ていると、つややかな赤みをおびた金髪を耳にかけてやりたいという衝動がわきあがってくる。そして、彼女のサテンのようになめらかな肌を指に感じたい。

そんな気持ちを、ジャックはどうにかして抑えこんだ。「ショーンはどう言っている？」

「ああ、ショーンね……。彼は知らないわ。仕事の話はしていないもの」この先もするつもりはない。「今はまだ」

ジャックはうなずいた。「それで、なにをするつもりなんだ？」踵に体重をかけてきく。「もし不動産会社を辞めたら、どんな仕事がしたい？」

「まだ考えていないわ」この人とは距離を置こうと決めたのに、気がつくと私はいろいろと話している。「これからゆっくり考えるつもりよ。でも、ロスバーンには落ち着くつもりなの。母が私をそばに置きたがっているし、家族はとても結束が強いから」

「兄弟や姉妹もいるのか？」

「いいえ、一人っ子よ」

「それがここで暮らしたい本当の理由なのか？　お母さんのためというのが」

「なんだか尋問みたいね」グレースは欄干に近づき、冷たい金属の手すりをつかんだ。「たぶん、私自身もここにいたいんだと思うわ」

　なるほど。ジャックもグレースに続いて欄干に近づき、手すりに寄りかかった。むき出しの腕は、彼女の手からほんの数センチしか離れていない。「ところで、お母さんの具合はどうだ？」今にも触れそうな細い体から気持ちをそらそうと尋ねる。「もっと早くきくべきだったが」

「なぜ？」大きな緑色の目が彼に向けられた。「私の母と知り合いではないわよね？　父に尋ねてみたけれど――」とまどいでグレースの声が小さくなった。ああ、父にきいたなんて、なぜ言ってしまったのだろう？　でも、始めたからにはやめるわけにはいかない。「父は……ええと、あなたが〈ベイホース〉に来たことはないと言っていたわ」

「そのとおりだ。僕はただ、君のお母さんだから尋ねただけだよ。詮索好きだと思わないでもらえると、うれしいんだが」

　彼は私のことを詮索していたのかしら？

「以前よりはずいぶんいいけれど、がんは回復に時間がかかる病気だから……。でも、きいてくれてありがとう」

ジャックは肩をすくめ、視線を波止場に向けた。視界の隅にグレースの姿が見える。大きく見開かれたその目は正直そうで、先ほどの言葉も人柄が表れているように思えた。

ショーンは運がいい男だ。グレースにとってもショーンにとっても、ずっと離れ離れでいるのはつらいに違いない。

そう考えながらも、ぽってりとしてやわらかそうなグレースの唇が気になってならない。その唇をぜひとも味わって……。

いや、そんなことはするものか。僕は独身主義を変えるつもりはないからだ。

だが、少しばかり想像するくらいなら、かまわないだろう?

ジャックは礼儀正しい笑みを浮かべた。

「それじゃあ、ショーンもロスバーンで暮らす予定なのか？」二人が自分のそばで家庭を持つと考えると、気が滅入《めい》る。

「ショーンはロンドン暮らしが気に入っているの」それは事実だ。グレースは欄干から体を離した。「だからわからないわ」

ジャックは欄干に背中をあずけ、彼女が寄りかかっていた手すりに沿って両腕を伸ばし、片方の足を低い横木に置いた。

ショーンがこちらで暮らすのなら教えてくれと、ジャックはもう少しで言いそうになった。そうなっても自分とはなんの関係もないのに。それに、この先彼とはつき合いたくなかったはずだ。だったら、距離を置いていたほうがいい。

「私、そろそろ帰るわね」

　欄干にのんびりと寄りかかるジャックの姿に、グレースは落ち着きを失っていた。彼はショーンよりもずっと肩幅が広く、両腕を広げた胸は筋肉質でたくましかった。腹部にも無駄な肉はなく、ところどころすり切れたジーンズが引きしまった太腿にぴたりと貼りついている。

　どんなに目をそらそうとしても、グレースはジャックの脚のつけ根に視線をやらずにはいられなかった。そしてそのとたん、体の奥が震えるような不思議な感覚にとらわれた。

「さようなら」

　ジャックの視線を痛いほど感じたグレースは、せめてスカート姿でなければよかったと思った。

「さようなら、グレース」

　背後からはなんということのない挨拶が聞こえたけれど、彼女は振り返りたい気持ちに必死にあらがって歩きつづけた。

　その次の週末、ショーンが口実を作って再び訪ねてくるのではないかと、ジャックは気が気でなかった。だが予想に反して、土曜日も日曜日も何事もなく過ぎていった。

そのことを喜んでいいのか悲しんでいいのか、ジャックにはわからなかった。

もう一度グレースと顔を合わせるのはいやではないが、そんな気持ちは無視したほうがいいに決まっている。いずれにせよ、両日ともほとんどの時間をヨットで過ごしたので、家を訪ねられても会わずにすんだはずだ。もっともショーンの性格からすれば、簡単にあきらめるとも思えないが。

月曜日と火曜日は雨が降り、水曜日の朝になっても空は厚い雲におおわれていた。

今朝は行けないと家政婦から連絡があると、ジャックはめずらしく家に縛りつけられた気がした。今のところ、室内に手を加える箇所はなく、落ち着かない気分になった。

ドライブに行こうと決め、コーヒーの残りを流しにあけると、キッチンを出て二階の寝室に向かう。

「出かけるの?」

ジャックがカーキ色のパンツのファスナーを上げていたとき、リサの声がした。

振り向くと、妻が細い体を窓の下枠の端にバランスよくのせて座っている。一週間以上も姿を見せないと思えば、出かける直前にじゃまをするとは、いかにも彼女らしい。

「ああ、いけないか?」ジャックはベッドに置いてあった革のジャケットを手に取った。

「家にいても、することがないんだ」

リサは鼻を鳴らした。「仕事をすればいいじゃない？」そう言って、真っ赤なマニキュアをぬった指を唇にあてた。「持てあますほど時間はあるんだから」

「自業自得だと言っているのか？」

リサは考えこむように唇を固く結んだ。

「あの女に会いに行くんでしょう？」

ジャックは開いた口がふさがらなかった。

「なんだって？」

「誰のことを言っているのか、わからないふりなんかしないで」リサは窓枠からすべりおりた。「マイケル牧師は喜ばないでしょうね」

ジャックの唇がおかしそうにゆがんだ。牧師は二人の結婚式ばかりでなく、リサの葬式も執り行ってくれた。「彼は僕のことなど、何年も前に気にしなくなったと思う。それに、そろそろ前を向けと言ってくれるはずだ」

「彼女はきっとすてきな人なんでしょうね」

ジャックはかぶりを振った。「恋人がいるのは、わかっているだろう？」

「ショーン・ネスビットのこと？」

「そうだ、ショーン・ネスビット。あいつは僕の友人だ。友人は裏切れないだろう？」

リサは顔をしかめた。「本当に？」

「おい、僕は嘘なんかつかないぞ」ジャックは財布と携帯電話をジャケットのポケットに入れた。「そういえば事故にあったあの夜、君はどこへ向かっていたのか、いまだに教えてくれないな」答えは聞こえなかったし、リサが答えるとも思っていなかった。今まで幾度も繰り返してきた質問だ。再び視線を向けなくても、リサの姿が消えたのはわかった。

ジャックはレクサスに乗りこみ、勢いよくエンジンをかけた。ロスバーン周辺はまだほとんど見ていない。一時間も車を西に走らせればカンブリアや湖水地方に行けるが、ジャックはためらうことなくアニックへ向かった。

はじめからそこへ行くつもりだったのか、それともリサに挑発されたせいなのかはわからなかった。だがどちらにしても、またグレースに会えるのではないかと期待していることは認めたくなかった。

幸い、車は町の中心にとめられた。相変わらず雲が低くたれこめていたが、おおぜいの人でにぎわっている。ジャックは地図を買い、それを持って近くのカフェに入った。

「どこかさがしている場所があるの？」

コーヒーを運んできたかわいらしいウエイトレスが、立ち去らずにぐずぐずしている。

「特には。アニックに来たのは初めてで」

「まあ、旅行？　アイルランドから来たんでしょう？」彼女は媚《こ》びるような笑みを浮かべた。「英語のアクセントがすてきだわ」

「ありがとう」ジャックもにっこりした。

「君はアニックに住んでいるのか？」

「その郊外にね」彼女は顔をしかめた。「アニックは高くて住めないもの」

「そうなのか？」

「ええ、そうよ」ウエイトレスはちらりと背後に視線を走らせ、さぼっているとオーナーに気づかれていないか確かめた。「アニックで家をさがすのはあきらめたほうがいいわよ」彼女はえくぼを見せて笑った。「もちろん、あなたがお金持ちなら話は別だけどね」

ジャックは再び地図に視線を向けた。これ以上よけいな詮索はされたくない。もともと、家をさがしに来たわけではないのだ。不動産会社を訪ねようと思ったわけでもない。

「滞在先はこの町？」

「いや」彼はあいまいに答えるとコーヒーを飲みほし、財布を取り出した。「北へ向かって……」ちらりと地図に視線を向ける。「バンボローへ行くよ。たしか城があるはずだ」

「お城に興味があるの？」

ジャックがレジに向かっても、ウエイトレスは注文を取りに来るのを待っている客たちを無視してついてきた。

「いろいろと教えてくれてありがとう」レジ係から釣り銭を受け取ったジャックは、いつまでもついてくるウエイトレスをうまく振り切る方法はないものかと考えをめぐらせた。

だが、彼女は入口までついてきた。

「私、あと一時間もすれば仕事が終わるの。案内が必要なら……」ジャックがついに彼女を追い払おうと決めたとき、ドアが開いて別の女性が入ってきた。

「ジャック！」

「グレース」

　ジャックはうれしそうな顔をするまいとした。グレースも、思わず彼の名前を口にしてしまったことを後悔しているようだ。

　いちばん驚いたのはウエイトレスだった。

「あら、グレース」彼女はちらりとジャックを見た。「お知り合い？」

「ええと……まあね」

「嘘でしょう！」ウエイトレスは信じられないというように叫んだ。「彼があなたの恋人だなんて言わないでよ。たしかショーンっていったわよね」

　グレースは顔がかっと熱くなった。またもやジャック・コナリーとばったり会うなんて。しかも、ウエイトレスとまんざらでもなさそうな彼と。その事実をおもしろくないと感じている自分も不愉快だ。

　ジャックもひどく腹だたしい気分だった。今の状況がグレースの目にどう映っているかは明らかで、たまらなく気に入らなかった。

「失礼するよ」女性二人がどう考えているかなど、もはやどうでもよかった。彼はグレースに会釈をした。「それじゃあ」

4

数分後、グレースはカプチーノの入ったカップを三つと、上司のグラント・ヒューズお気に入りの、砂糖がたっぷりかかったドーナツを入れた紙袋を持ってカフェを出た。

自分の仕事とは思いたくなかったけれど、会社では新入りの彼女が飲み物を買いに行くのは当然とみなされていた。自分で作れと言われるよりはましだが、今日は考えなければならないことが山のようにあった。

たとえば、カルワースに立ち並ぶコテージを買い取りたい、というウィリアム・グラフトンの申し出を売り手が断った理由を説明しなければならない、とか。

グレースは気が重くてならなかったものの、責任を持って納得してもらうようにと、グラント・ヒューズからは言い渡されていた。

〝厄介な客をうまくさばくのも大切な仕事だぞ、グレース。うちのような会社では、客のえり好みなどしていられないんだからな〟

厄介な客をうまくさばく、ですって？ ずいぶんと控えめな言い方だわ。

道路を横断しながら、彼女は不安そうにまわりに視線を走らせた。幸い、ジャック・コナリーが外で待っていることはないようだ。彼の車なのか、広場の向こうには大型のレクサスがとまっていた。中に誰も乗っていないのが、どうかいい兆候でありますように。けれど会社のドアを開けたグレースは、受付にジャックが立っているのに気づいた。壁に貼り出されている物件に、さも興味を持っているふりをしている。

そして、ジャックのすぐ後ろにはウィリアム・グラフトンがいた。グレースを見て、グラフトンの取りすました表情はみるみる明るくなった。「グレース、待っていたんだ。君から話があると、グラントから聞いたものだから」

グレースは深く息をついた。「ちょっとお待ちください、ミスター・グラフトン」そう言って、同僚のエリザベス・フレミングと自分の飲み物をそれぞれの机に置き、グラント・ヒューズのオフィスに向かう。今日も大変な一日になるのかと思うと、気が重かった。

飲み物とドーナツを置いてグレースが上司のオフィスから出てきたとき、ジャックはエリザベスから物件案内を見せてもらっていた。

グラフトンは、グレースの机の脇にある来客用の椅子に座っていた。「それで？」彼女が座るなり、グラフトンはきいた。

グレースは仕事に取りかかる前にカプチーノに手を伸ばした。カフェインの助けが必要だった。ひと口飲むくらいなら、グラフトンも文句は言わないだろう。

「売り主から返事が来たらしいな。いい知らせだといいんだが」

　グレースはため息をついた。「残念ですが、ミスター・グラフトン」言葉を切り、もったいぶって机の上の書類をめくった。「ミセス・ノートンは、あの額ではとうてい納得できないようなんです」

　グラフトンが鼻を鳴らすと、ジャックがこちらに注意を向けた。エリザベス・フレミングの説明に熱心に耳を傾けるふりをしながら、明らかにグレースたちの会話に聞き耳を立てているようだ。

「おんぼろコテージばかりだぞ」グラフトンのこぶしがグレースの机にあたって鈍い音をたてた。「彼女もわかっているはずだから、私にもっと出させようという策略なんだろう。もう一度連絡を取って、そんな手を使っても無駄だと言ってくれ。素人を相手にしているわけではない、と思い知らせてやるんだ。ウィリアム・グラフトンがなにかを欲しいと思ったら、必ず手に入れると伝えておけ」

「ミスター・グラフトン――」

「私の言ったことが聞こえただろう？」

　グラフトンが椅子を乱暴に引くと、脚が木の床をこすって耳ざわりな音をたてた。

「いい子だから話をつけるんだ、グレース。

頼りにしているぞ」彼は出口に向かった。

「私をがっかりさせないでくれよ」

グレースはかろうじて怒りを抑えた。なんて偉そうな人！　いい子だから、ですって？

彼女は息を吐いた。このやりとりをジャックに聞かれたのが屈辱的だった。

同時に、彼がここでなにをしているのかが不思議でならなかった。偶然だなんて、信じられない。わざわざ来たに決まっている。

でも、なぜ？

私に会いに来たとか？

そう思うと、わくわくしてくる。

エリザベス・フレミングが近づいてきた。

「ちょっといいかしら、グレース？」

「え……ええ。もちろん。なにか？」

エリザベスは困ったような笑みを向けた。五十代なかばの彼女は、なにかとグレースにやさしかった。会社になじめるように気を遣ってくれ、助けが必要なときにはたいていそばにいてくれた。

「あのコテージのことなんだけれど」エリザベスは声をひそめた。「カルワースの。まだ買い手は決まっていないの？」

グレースは目をぱちくりさせた。「ミスター・グラフトンが買いたいと言っている物件かしら？」

「そう。ミスター・グラフトンは断られたのでしょう？」

「ええ」グレースは眉をひそめた。「でも、もう一度交渉しろって言われたわ」

「買い値は上がったの？」

「いいえ」

「なるほど。それなら、ミセス・ノートンは聞く耳を持たないでしょうね」

グレースはため息をついた。「彼にもそう言ったんだけれど……」

「実は、別のお客さんがその物件を見たいと言っているの」

「あのコテージを？」

グレースの目が反射的にジャックに向けられた。彼は無表情だったが、彼女はだまされなかった。私とグラフトンのやりとりを聞いていたに違いない。そうに決まっている。いったいどういうつもりなのだろう？

「ええ」グレースの動揺にはまるで気づかず、エリザベスは話を続けた。「ミスター・コナリーは今日のうちに見たいと言うの。でも、ローソン一家が十二時に私を訪ねてくる予定になっていて……」

「もしかして、私に代わりに案内してほしいのかしら？」

「お願いできる？」エリザベスはほっとした表情を浮かべた。「そうしてくれたら、本当に助かるわ。ミスター・コナリーは建築家で、この地域で中古の不動産をさがしているんですって。ミセス・ノートンの物件に別の買い手が現れたってウィリアム・グラフトンに言ってやれたら、あなたもうれしくない？」

グレースだってそうなるのは望むところだったが、ジャックは本気ではないだろう。けれど、エリザベスをがっかりさせたくはない。

「わかったわ。ミスター・コナリーがもし車でいらしているなら、自分の車で行ってもらえるとうれしいんだけれど」ジャックのレクサスがとまっていたことなど、気づいていないような言い方をする。

「ええ。たしか、車でいらしているはずよ」

エリザベスはジャックのもとへ戻り、グレースはカプチーノを飲みほした。

いいわ、目的がほめられたものではない客なんて初めてじゃない。必ずうまくあしらってみせる。

視線を感じて顔を上げると、ジャックがこちらを見ていた。そのまなざしは落ち着き払っていて、グレースは神経がざわめき、急にそわそわしはじめた。

彼女はあわてて背を向けた。ジャックの浅黒くて整った顔だちや、すらりとした筋肉質の体が頭から離れないまま、引き出しからバッグを取り出し、オリーブグリーンのジャケットをはおる。

「やっぱり、ミスター・コナリーは自分の車でいらしているそうよ。あなたのあとからついていきますって。先約がなければ、私が案内したんだけど――」

「いいの」グレースは意識して明るい声を出した。「私を信頼してくれてうれしいわ。ミスター・コナリーはもう出かけられるのかしら?」

「僕ならいつでも大丈夫だ」

いつの間にか、ジャックはグレースのすぐそばに来ていた。その低くて魅力的な声に、彼女の背筋は震えた。

エリザベスは彼に笑顔を向けた。「ミス・スペンサーがご案内します」彼女はそう言い、励ますようにグレースの腕を軽くたたいた。「のちほどまたお目にかかりましょう」ジャックに声をかける。

「わかりました」ジャックがうなずくと、グレースはしぶしぶバッグを手に取り、彼の先に立って会社を出た。

誰にも聞かれないところまで来てから、振り向いてジャックを見る。「いったいどういうつもりなの?」

あからさまな非難の口調に、ジャックは黒い眉を上げた。「僕たちはカルワースという場所にある、荒れはてたコテージを見に行くと思っていたが、そうじゃないのか?」

グレースはため息をついた。「まるで、コテージに興味があるみたいな言い方ね」

ジャックは親指をカーキ色のパンツの前ポケットに引っかけた。「興味ならある」

やり場のない怒りをかかえたまま、グレースはジャックを見つめた。論理的に考えようとしても、彼の男らしさにばかり目がいくのがいやでならない。「あなたは住宅開発業者ではないはずよ。ミスター・グラフトンに手を焼いている私を助けようとしてくれるのはありがたいけれど、彼は他人が興味を示したくらいで簡単にあきらめたりしないわ」

「わかっている」

それくらいは容易に想像がついた。しかし、グラフトンがグレースにがなりたてているのを聞いたとたん、どんなことをしてでもあの男のじゃまをしてやりたいという強い気持ちがわきあがってきたのだ。

「だが、僕は建築家だ。しかも時間を持てあましている。だからまた家を買って、そこを生き返らせようと――」

「コテージは六棟もあるのよ」

グレースの言葉に、ジャックは肩をすくめた。「挑戦しがいがありそうだ」

彼女は首を振った。「とうてい本心とは思えないわ」

「そうかな？　失礼だが、君より僕のほうが僕の気持ちがわかると思うんだが」

冷静な言葉を聞いて、グレースは自分が雇われている人間なのを思い出した。個人的な印象はどうであっても、会社に利益をもたらすかもしれない客を不快にさせたら、グラント・ヒューズは喜ばないだろう。「そこまで言うなら、車を取ってくるわ」

ジャックの黒い目が値踏みするようにグレースに向けられた。「あるいは、僕の車で一緒に行くという手もある」

「遠慮しておくわ。私の車は会社の裏にとめてあるの。ちょっと待っていて」

なぜ僕の車で一緒に行く、などと言ったのだろう？　ジャックは不思議でたまらなかった。彼女の言うとおりだ。コテージを買うために、僕はアニックに来たわけではない。

ジャケットのポケットに手を突っこみ、ジャックは歩み去るグレースを見送った。このままレクサスに乗りこんで、いなくなってしまおうか？

グレースのこわばった背中とヒップの刺激的な揺れが、五感を刺激する。なにをばかなまねをしているんだ？　客としても友人としても、彼女が僕に興味を持っていないのははっきりしているだろう？

考えれば考えるほど、ジャックはカルワースに行きたくなくなった。そのとき、グレースの乗った小さくて赤いシビックが一ブロック先の角を曲がってこちらに向かってくるのが見えた。これ以上考えなくていいことにほっとしつつ、レクサスの運転席に乗りこんでグレースと目を合わせ、手を振って先に行くよう促す。

二人は北に向かって三キロほど進んでから、海のほうへ向かった。曲がりくねった道に果てしなく車を走らせていると、ごつごつとした崖の上に小さな集落が見えてきた。

カルワースだ。

標識を確認し、荒れはてた教会を通り過ぎたあと、車は砂利が敷かれた場所に入った。

シビックの後ろにレクサスをとめ、ジャックはあたりを見まわした。崩れかけた教会の壁から黒い鳥が数羽飛びたち、二人の頭上で円を描く。

「からすだわ！」グレースも車から出てきた。

ジャックも彼女にならい、からすを見あげた。「縁起が悪いということか。たしかに、落ち着かない気分にはなるな」

グレースは彼の言葉を聞き流し、実務的な口調で言った。「私についてきてください。コテージまでご案内します」

「わかった」

彼女の隣に並んで、ジャックは細い道を歩きだした。海からは風が吹いている。

ジャックに歩調を合わせているうちに、グレースは体が熱くなってきた。おまけに、ハイヒールなのに我慢しきれず歩みを速めたせいで、足をくじきそうになった。

「大丈夫か？」

「大丈夫よ。あと少しで着くわ」

点在しているコテージを、二人は二軒ほど

通り過ぎた。そこはまだ人が住んでいるようだが、その先の校舎らしき建物は板が打ちつけられ、使われているようには見えない。

途中の分かれ道を崖沿いのほうへと進んでいくと、やがて行く手にめざす物件と思われるコテージが見えてきた。どの家も間口が狭くて塗料がはげ、傾いたテラスの窓ガラスは割れている。

大きな強みは立地のようだ。コテージからは何物にもさえぎられず、海岸やその先の荒々しく美しい海が見渡せた。

いちばん手前の建物に着いたとき、グレースはちらりとジャックに視線を向けた。「想像していたのとは違ったでしょう？」

ジャックは風で乱れた髪をかきあげた。

「中には入れるのか？」

「きっとすごく汚いわよ」そう言いながらも、グレースは鍵を取り出すためにバッグをさぐった。「屋根は雨もりがするし、割れた窓からも雨が吹きこんでいるでしょうから」

「まあ、そうだろうな」ジャックは眉を上げてグレースを見つめた。「君は客を案内するとき、いつもそんな言い方をするのか？」

「そういうわけじゃないわ」門はさびついていたが、体重をかけるとなんとか開き、彼女は玄関に向かった。

ドアを開けたとき、汚いしみがオリーブグリーンのスーツのジャケットについていることに気づいた。門に体重をかけたせいで汚れたに違いない。

コテージの中に入ったとたん、今度は冷たい水に足を突っこんだ。

最低最悪の日だ。

思わず悲鳴をあげると、建物の外を見ていたジャックが大股でやってきた。

「ごめんなさい」グレースは悲鳴をあげてしまったことを後悔した。黒いスエードのハイヒールはもう使い物にならないだろう。「ちょっと驚いただけなの」

「いったいどうしたんだ?」開け放たれたドアから差しこむ光のせいで、ジャックの黒い目には心配そうなようすが浮かんでいるのが見て取れた。

グレースは体を震わせた。彼が私を気遣うはずがない。「あの……水たまりに足を突っこんでしまったの。それだけよ」そう言って室内に目を向けた。

壁も塗料がはげ、壁紙は裂けてしみができている。階段も、とうてい人の重みに耐えられるようには見えない。

「大丈夫か?」

ジャックはまだグレースの言葉を信じていないような目をしている。深く陰のあるその瞳に、彼女は吸いこまれそうになった。

「わ……私は大丈夫」きっぱりと答え、仕事に集中しようとした。「ええと……見てのとおり、コテージには全面的な改装が必要だわ。いっそ取り壊して、一から建て直したほうが簡単かもしれないわね」

「僕はそうは思わない」

ジャックは入口のあたりを見てまわった。壁にはそれなりの強度があるようだ。もちろん漆喰《しっくい》をぬる必要はあるが、基礎がしっかりしていればなんの問題もない。

「でも、建て直しとなると大変な作業になるでしょうね。壁にはずいぶんと水がしみこんでいるようだって、ミスター・グラフトンが言っていたわ。少なくとも彼はれっきとした住宅開発業者で、興味のあるふりをしているだけではなかった」

「僕はそうだと言っているのか？　買う気もないのに見に来たと」

「違うの？」

ジャックが一歩後ろに下がったはずみで、コテージのドアが閉まった。そのとたん、海からの冷たい風がさえぎられ、光も彼の頭上の採光窓から差しこむだけになる。室内が暗くなったせいで、グレースは不安に駆られた。

「僕がここへ来たのは、君に個人的な興味を持っているからだと思っているのか、グレース？」

5

「そ……そんなこと、思ってないわ！」グレースはけんめいに言葉をさがした。「ええと……ここはすでに、ミスター・グラフトンが買いたいと名乗りを上げているの。しかも彼は、売り手からいい返事がもらえるように、今も私が交渉していると信じているわ」

「ああ、僕も聞いたよ」

ジャックが玄関から離れると、グレースは逃げるように奥のキッチンへ向かった。

家の中はシンプルな造りで、一階には居間とキッチン、二階に寝室が二つあるだけだ。だが、キッチンから裏庭に出るドアもあるので、いざとなったらそこから逃げ出せばいい。

「それで、ミセス……ノースといったかな？彼女はミスター・グラフトンの申し出に、イエスと言いそうなのか？」

ジャックは壊れかけたドア枠に肩をもたせかけていた。薄汚れた場所にいても、その姿には神秘的で危険な魅力があった。

そして、しごく落ち着いているように見える。

しかし、グレースは違った。口を開いたとき、声は必要以上に震えていた。「ミセス・

ノースじゃなくて、ミセス・ノートンよ。それから、その質問は個人情報にあたるわ」

　ジャックは肩をすくめた。会社であんな大声で話していたのに、個人情報だって？

「わかった。それなら答えなくてかまわない。家を見てまわってもいいか？」

　彼がドア枠から体を起こすと、グレースは身をこわばらせた。彼女はひどく緊張し、神経をとがらせているようだ。いったい僕がなにをすると思っているのだろう？

なにをしたいかなら、もちろんわかっている。だが、そっちのほうがよっぽど重大な個人情報だ。「ええと、一階はこれだけか？」

　よからぬ想像が頭をよぎる前に、僕はなんの話をしていた？

「一階も二階も、残らず見たいんだ」

「差しつかえなければ、私が先に行くわ」

　グレースは二階に上がったことがなかった。ウィリアム・グラフトンを案内したとき、彼はざっと一階を見ただけで、全部壊そうと決めた。そんなこともあって、グラフトンは低い値段を提示したのだろう。壁が湿気で腐っている、とも言っていた。

　階段は今にも壊れそうに見えるが、本当に危険かどうかは身をもって確かめなければいけない。訪れたばかりの客が怪我《けが》をした、などという知らせを持って帰ったら、上司は絶対に黙っていないはずだ。

一階もかびの臭いがしていたけれど、二階はさらにひどかった。グレースはあとからついてくる男性よりも、かびのほうに意識を集中させようとした。

ジャックはなにを考えているのだろう？ スカートの丈が短いのが気になってならない。しかも彼から発散される体温が、アフターシェービングローションや男らしい香りとまじって伝わってくる。

手前の寝室に入ったとたん、二階の空気がなぜこんなにも湿気をふくんでいるのかがわかった。割れた窓ガラスの代わりに、段ボールが貼りつけられていたのだ。床には、ファストフードやチョコレートの包み紙が散らばっていた。

「子供たちか」ジャックが言った。「あるいは、ホームレスが入りこんだんだろう。もう少し健康的な場所を選べばいいものを」

「ミスター・グラフトンと来たときには二階に上がらなかったから、気づかなかったわ」

ジャックは顔をゆがめた。「ああ、そうだろうな」床に放置されていた羽毛布団をまたいで、窓に近づく。「僕でも、彼と一緒に二階へ行きたいとは思わない」

グレースは唇を固く結んだ。「あなたって自分のことをユーモアがあるほうだと思っているのかしら、ミスター・コナリー？」

ジャックはため息をついた。「僕たちはも

う少し歩み寄れないのかな？」

「歩み寄るって、なにに？」

「君はひどくそっけなくて、打ち解けようとするそぶりすら見せない」ジャックは窓枠の細かいくずをつまみあげた。「僕が君になにかしたか？　だから、世間のつまはじき者のような扱いをされるのか？」

「あなたのことをそんなふうに扱った覚えはないわ」グレースはむきになって言い返した。

「私はただ自分の仕事をしているだけよ」

「ああ、そうなんだろうとも」全然納得していない言い方だ。「それならここへ来て、これを見てくれ。窓をこのままにしておいたら、誰かの頭上に落ちる危険がある」

「このあたりに人が来るとは思えないわ」

「いや、来る」ジャックは床の上のごみを指し示した。「君から売り主に報告するべきだ。誰かが大怪我でもすれば、彼女が責任を問われることになるぞ」

　グレースは唇を噛《か》み、ところどころ沈んでいる床板を歩いてジャックに近づいた。なにしろ、仕事なのだから。

　ジャックは窓枠がぼろぼろになっているところを彼女に見せた。「ここに子供が入ってきて怪我でもしたら、親は大騒ぎするに違いない」

「ええ、そうでしょうね」子供になにかあれば、とかく責任の所在は他人に向けられると、法律を学んだグレースは承知していた。たとえば、警告の札も注意書きも掲げない怠慢な家主に、とか。

「さっそくミセス・ノートンに伝えるわ」

ジャックが振り向いたとたん、二人の距離がとても近いことにグレースは気づいた。彼の体温に包みこまれているような気さえする。異性を引きつける男性的な魅力を無視できない。

ああ、神さま。

グレースが思わずあとずさりをすると、床に落ちていた羽毛布団に踵《かかと》が引っかかった。体がよろけてしりもちをつきそうになった瞬間、ジャックにすばやく腕をつかまれた。

ジャックの力強い手は、やすやすとグレースの細い二の腕を握った。二人の胸がぶつかり、グレースの片方の太腿が彼の脚の間に押しこまれる。

ジャックは思わず息を吐いた。ちくしょう、こんな展開になるとは思いもしなかった。だが、しりもちをつきそうな彼女を見て、反射的に体が動いてしまったのだ。

グレースがすぐに体を離さないのは、転びそうになったショックのせいでしかない。

それでも、彼女のカールした髪が胸をかすめ、花を思わせるかすかな香りが感覚を刺激すると、相手が女性であるとジャックははっきり意識した。

自分の鼓動が速まっているのは体を動かしたせいばかりではないと気づき、口の中がからからになる。

一方、グレースはどうにか冷静さを取り戻そうとしていた。頬にかかるジャックの息は温かく、コーヒーの匂いがした。

どうして今こんなことを考えているのかはわからないけれど……ジャックは細身でもたくましい。グレースが両手を彼のみぞおちのあたりにあてると、シャツを通して肌のぬくもりが伝わってきた。

ジャックから離れなければいけない。

思わず彼のすばらしく美しい顔に目を向けると、二人の視線が合った。

そして、二度とそらせなくなった。

うなり声をあげたジャックが、グレースの腕をいっそう強くつかんだ。そのとたん、彼女の脚から力が抜けた。「そ……そろそろ戻らないと」けれど、その声はかろうじて聞き取れるほど小さい。

「ああ」ジャックもかすれた声で答えたが、頭を下げ、ふいに彼女に唇を重ねた。

グレースはたちまち抵抗する力を失った。絶対に間違っているのに、その瞬間ばかりはなによりも正しい行為に思えた。

ジャックは自分の体が燃えあがっているような気分だった。唇で触れる彼女の唇は、信じられないほどやわらかい。

みずみずしく官能的なグレースの唇は、彼の中にあらがいがたいほどの興奮をかきたてた。グレースの腕を撫《な》でおろして手をからめると彼女の背後にまわし、ごく自然ななりゆきで体を引き寄せる。

グレースは、自身の判断力が薄れていくのに気づいた。かすかに残っていた抵抗する意志が、またたく間に押し流される。ジャックの舌が唇を割って貪欲に入ってきたとき、彼女は彼のてのひらに爪を立てた。

ジャケットの下に着ている、襟と袖のないシルクのブラウスは生地がとても薄く、ハーフカップブラのレース地が透けて見えた。しかも襟ぐりが大きいので、丸い胸が上下するさまや、硬くなった胸の先がレース地を押しあげているようすまでがわかった。

ジャックはグレースに手を伸ばし、その胸に触れたかった。服の中に手を差し入れ、唇に負けないくらいしっとりとしてやわらかいだろう肌を撫でたかった。

本当は、それでも満足できない。本当にしたいのは、漆喰《しっくい》のはがれ落ちた壁にグレースを押しつけることだ。短いスカートをまくりあげ、彼女の脚を腰にからめて、心ゆくまでむつみ合うことだ。

だが次の瞬間、ジャックは自分が誰で、グレースが誰かを思い出した。

ショーンの恋人だ！

グレースは怒っているに違いない。けんめいに自分にそう言い聞かせ、ジャックはしぶしぶ彼女の手を放して後ろに下がった。

　窓がすぐ後ろにあったので、それほど距離は置けなかったが、彼の意図が伝わるにはじゅうぶんだった。「そうだな」声がざらつき、咳払《せきばら》いをする。「そろそろ帰らなければ」

　しばらく、グレースはなにがあったのか把握できなかった。頭がぼうっとして、全部が自分の想像だった気もする。

　けれどまわりを見て、想像ではないと思い直した。起きたことは現実で、ジャックも本物だ。さらに、唇のひりひりとした感触と脚の間の感覚でよけいにはっきりと自覚する。

「ええ……」彼女は無意識に髪を撫でつけた。

　きちんとまとめていた髪がほつれ、肩のあたりにこぼれている。

「そうね」グレースは身をかがめ、いつ落としたのかもわからないバッグを拾うと、無意識に唇を湿らせた。「もうじゅうぶん見たでしょうから」

「そうだな」

　階段を下りながら、ジャックは思った。おそらくグレースは、ミスター・グラフトンと来たほうがましだったと思っているだろう。

「彼は興味を持ったの？」会社に戻るとエリザベス・フレミングが待ち構えていて、グレースはこわばった笑みを浮かべた。

「そうでもなさそうだったわ」正直に言うなら、ジャックがコテージをどう考えているのか、グレースにはまったくわからなかった。

　カルワースで、二人は無言のまま車まで戻った。それぞれの車に乗りこんでエンジンをかけたとき、グレースは心の底からほっとした。ジャックのレクサスは途中までついてきたが、町に入ったとたん、彼女とは別のほうへと向かっていった。

　グレースは車を適当な場所にとめ、出かけたときと変わりなく見えるように髪を整えた。化粧も直し、口紅ももう一度ぬったけれど、ジャックのひげが肌に残した痕跡や腫れた唇は隠しようがなかった。

「大丈夫？」

　エリザベスはグレースが視線を避けているのに気づいているようだが、まさか本当のことを話すわけにもいかない。誰にも打ち明けられないし、あんなまねをしてしまった自分に腹がたってならなかった。

　ショーンで懲りたのではなかったの？

「大丈夫よ」グレースはさも忙しそうに自分の机に向かった。「でも、ミセス・ノートンに早急に連絡を取らないといけないの。コテージの窓枠が危険な状態で」

「そうなの？」エリザベスはグレースについてきた。詳しく聞くまで、離れそうにない。

かがんでバッグを引き出しにしまい、グレースは体を起こした。「窓枠が壊れていたのは知っているでしょう？」

「ええ、そうかもしれないと……」エリザベスはグレースのジャケットを指さした。「いったいどうしたの？」

「ああ……」ジャケットについたしみを、すっかり忘れていた。「防ぎようがなかったの。門に寄りかかったとたん、このありさまで！」

「まあ！」エリザベスは顔をしかめた。「ミスター・ヒューズに言って、クリーニング代を払ってもらうべきよ」

「自分でなんとかするわ」先ほどの出来事を思い出させるようなものは、文書にして残しておきたくない。ジャケットは寄付してもいいくらいだ。

「だから、ようすがおかしかったのね」ようやく納得したのか、エリザベスは同情の言葉を残して立ち去った。しかし、グレースがほっとする間もなくまた戻ってきた。「コテージの窓がなんだと言ったかしら？」

「ええと……」コテージでのことは思い出したくなかったけれど、グレースはジャックが言った内容を同僚に話した。

「たしかに」エリザベスはうなずいた。「その危険性は問題になるかもしれないわね。ミセス・ノートンに連絡したほうがいいわ。ついでに、ミスター・グラフトンの申し出を受けるよう説得するチャンスかもしれない。なにしろ、彼女はもういい年なんだから。訴訟になんてなったら大変よ」

残念ながらグレースはその日、ミセス・ノートンと連絡が取れなかった。話をするのは明日にしよう。ミセス・ノートンの家まで出向くことになるだろうけれど、そうするのも悪くない。

会社にいなければ、ジャックが再び訪ねてきても、顔を合わせずにすむから。

6

ドアベルが鳴ったとき、ジャックはまだベッドの中にいた。

悪態をついて頭を枕の下に入れ、うっとうしい音を遮断しようとする。来訪者を迎える心境ではなかったし、ショーンかもしれないという不安もあった。グレースのことで、彼は文句を言いに来たのかもしれない。

ドアベルが再び鳴った。その調子はますます攻撃的で、地獄の轟《とどろ》きのような音が家に響き渡る。ジャックはうめき声をあげると上掛けを放り出すようにどけ、裸のまま寝室を出て、門が見える窓から外をうかがった。

門の前には車がとまっている。以前見た覚えはないが、長いボンネットと角張ったラインから年代物の高級車らしい。

誰の車だろう？

顔をしかめて寝室に戻ると、ジャックは下着はつけずに直接ジーンズをはき、黒いTシャツを手にして寝室を出た。

階段を下りきったころには、見苦しくない程度の格好になっていた。もっとも髪はくしゃくしゃだし、裸足《はだし》のままだったが。

玄関の先には、綾《あや》織りのダブルコートを着た不愛想な男性が立っていた。六十代なかばと思われる彼は、膝までの黒いブーツの中に黒いズボンをたくしこんでいて、ジャックは別世界に入りこんだような錯覚に陥った。

男性が自己紹介を始めようとしたとき、年配の女性が車から降りてきた。「いいのよ、ジェームズ」男性が手を貸そうとすると、彼女は断った。「一人で大丈夫」

襟元に毛皮のついたコートの裾を整えながら、女性はビーズそっくりの茶色い目でジャックを品定めするように見つめた。

「ジェームズ、あなたは車で待っていてくれる？」

「はい、奥さま」

雇い主が玄関に着くのを見届けてから、ジェームズはリムジンの運転席に乗りこんだ。

「ミスター・コナリーでしょう？」女性はジャックを見て言った。

「もしかして、ミセス・ノートンですか？」

ほかに誰がいる？

「そうよ」老婦人はきれいに整えた茶色い眉を気取ったようすで上げた。「ええと……おじゃましてもいいかしら？」

「ああ……もちろんですとも」ジャックはミセス・ノートンを招き入れ、居間のほうを身ぶりで示した。「コーヒーでもいかがですか？」

「コーヒーですって？」むっとした声で言いながら、彼女は廊下から居間へと入った。「あれは若者の飲むものでしょう？　紅茶はないの？」

「ありますとも、奥さま」気がつくと、彼はジェームズをまねて丁寧な言い方になっていた。「キッチンで湯をわかしてきます」

「あなたに家政婦はいないの、ミスター・コナリー？」

「今日はいません、奥さま。気楽になさっていてください」

湯がわくまでの時間を、ジャックは永遠のように感じた。席をはずしている間に、ミセス・ノートンは戸棚やらなにやらを開けて、あちこちさぐっているのではないか？　だが、十五分ほどで紅茶とコーヒーを持って戻ったとき、老婦人はジャックのお気に入りの窓際に置かれた椅子に座り、そこからの景色を楽しんでいた。

ジャックは彼女のそばにあるローテーブルにトレイを置き、広い窓枠に腰かけた。「ご自分で注《つ》ぎますか、それとも僕が？」

「わざわざお願いするほど老いぼれてはいないわ」ミルク入れの代用品として添えられた小さなガラス瓶を見て、老婦人は顔をしかめた。「これって衛生上、大丈夫なのよね？」

「全然問題ありませんよ。きちんとした器でなくて、申し訳ありません。まだ足りないものをそろえているところなんです」

ミセス・ノートンが鼻を鳴らした。「なのに、さらに手を広げようというのね」彼女はティーポットを持ちあげて、カップに紅茶を注いだ。「でも、あなたのいれる紅茶はなかなかのようだわ」

ジャックは無精ひげの生えている顎をこすり、コーヒーをおいしそうにごくりと飲んだ。

「わざわざご足労いただいたのは、僕にどんな用があってのことでしょうか？」

ミセス・ノートンが眉を上げた。「カルワースのコテージに興味があるとか」

「ええ、まあ」あれ以来、不動産会社には行っていないが、電話でグラント・ヒューズと話はしていた。「ですが、ミスター・グラフトンが買い値を上げたと聞きました」

「ほんの少しだけね」ミセス・ノートンは紅茶をひと口飲んだ。「でも、あの建物は倒壊の危機にあるから、さっさと売らないと大変なことになるぞ、と言わんばかりなの」老婦人は再びカップを口元に近づけ、抜け目ない視線をジャックに向けた。「私、脅されるのは嫌いなのよ」

　ジャックは顔をしかめた。「あのコテージに倒壊の心配などありませんよ。たしかに、内部は徹底的に手を入れる必要がありますが、壁はびくともしないはずです」

「私もグラント・ヒューズにそう言ったの」老婦人はきっぱりと言った。「以前、鑑定士に調べてもらったけれど、差しあたって危険はないと判断されたって」

「ただ、窓枠は壊れかけていましたよ」ジャックは正直に言った。

　ウィリアム・グラフトンの主張を支持するつもりはないが、ミセス・ノートンが依頼した鑑定士は、耳ざわりのいいことしか老婦人に伝えていないように思えたのだ。

「寝室には、子供たちが勝手に入りこんだ跡がありました」そう言ったとたん、コテージでの出来事が思い出され、突然ジャックの脈拍が上がった。「割れた窓ガラスをそのままにしておくのは危険です。そのせいで、あのコテージ自体の価値が下がるとは思えませんが」

「私もまったく同じ考えよ」老婦人は得意そうに言うと、カップを置いて晴れ晴れとした表情をした。「だから、あなたにチャンスをあげる。廃屋だったこの家をこんなふうに改築したのも、気に入ったわ」

ジャックは頭からグレースを追い払い、ミセス・ノートンに言った。「僕があのコテージに興味を持っていると、どうして知っているのですか？」グレースが言うはずがない。

「売却は不動産会社に任せているのでは？」

「そうよ。でも、グラント・ヒューズは自分の利益をなによりも優先させるから、私は私で目を光らせていたの」

「それで？」

「先週、コテージを見に行った人がいると、ヒューズから聞いたの。最初はとぼけていたけれど、ちょっと強気に出たらようやく認めたわ」

グラント・ヒューズから聞いたとおりの、たいした女性だ。

「そして、その人があなただとわかったから、直接会ってみようと思ったの」

「あなたは、僕がこの家をどんなふうにしたのか見てみたかったのですね？　それであなたが気に入ったら、僕は僕の欲しいものを手に入れられるということですか？」

「ああ、それはあなたがなにを欲しがっているかによるわ、ミスター・コナリー」彼女は明るく答えた。「あなたについては調べさせてもらったのよ。お金には困ってないようね」

ジャックは興味を覚えた。「物件を見た人間は、一人残らず調べているのですか？」

「いいえ」ミセス・ノートンは立ちあがると、批判的な視線を彼に向けた。「でも、あなたがあの物件に興味を持つようになったのは、そこへ案内したセクシーな女性が原因だと思っているの」彼女は笑った。「ええ、お察しのとおり、私にはスパイがいるわ、ミスター・コナリー。引退した教会の管理人が、あそこへ向かうあなたたちを見ていたのよ」

グレースはため息をついた。

今夜、これからパブで働くと考えただけで気が滅《め》入《い》る。頭痛がひどく、一刻も早くベッドにもぐりこみたくてならない。

頭痛の原因がグラント・ヒューズから叱責を受けたせいだとは、思いたくなかった。

〝カルワースのコテージはジャック・コナリーに売却することが決まった〟上司は苦い表情でグレースに伝えた。〝一週間以上前、君が勝手に案内したミスター・コナリーにだ〟

グレースはにわかに信じられなかった。知る限りではあれ以来、ジャックが不動産会社を訪ねてくることはなかった。だからカルワースでの出来事を恥じて、距離を置いているのだろうと考えていた。けれど、そうではなかった。

ミスター・ヒューズは、ジャックの法的代理人が作成した売買契約書の原案をグレースに見せた。そして、そうなったのは彼女のせいだと腹をたてた。

〝大変なことをしてくれたな〟上司の顔は怒りで赤くなっていた。〝ミスター・グラフトンは私の友人であり、この不動産会社にとってもつき合いの長い大切な客なんだ。それに比べて、ミスター・コナリーなどという男を私は知らない。そもそも、どこに住んでいるんだ？〟

その答えは目の前の書類にありますと、グレースは言ってやりたかった。〝住まいはロスバーンのはずです〟彼女の答えに、グラント・ヒューズは顔をゆがめた。

〝はず、だと？　コナリーがあの物件に目をつけたのは自分のせいではない、とでも言うつもりなのか？〟

〝そうです！〟グレースは憤慨した。〝私の責任ではありません。ミスター・コナリーはたまたまこの会社へやってきて、私とミスター・グラフトンのやりとりを耳にしただけです〟そこでやめておけばよかったのだが、グラント・ヒューズが納得していないようなので、彼女は続けた。〝彼は、私の友人の友人なんです。大学が一緒だったと聞いています〟

〝そして、たまたまこのあたりに住んでいるのか？〟

〝そのとおりです〟

グラント・ヒューズの鼻孔がふくらんだ。その説明が気に入らないのは明らかだったが、グレースを嘘《うそ》つき呼ばわりするほどの証拠も見つからなかったらしい。〝よくわかった〟彼はぶっきらぼうに言った。〝だが、こうなった経緯は、君からミスター・グラフトンに報告してもらう。彼は君の担当だ。明日の朝一番で連絡するように〟

明日のことを考えただけで、グレースは落ちこんだ。カルワースのコテージを横取りされたグラフトンが、腹だちまぎれにどんな仕返しをするかわかったものではない。

「グレース！」

父の声が階段の下から聞こえ、グレースはそれ以上ぐずぐずしているわけにはいかなくなった。パブの手伝いが必要なのは、ロージー・フィリップスというしつものウエイトレスが、ニューカッスルの病院にいる前夫の母の見舞いに行ったからでもあった。

不動産会社を解雇されたら、私はパブの仕事に専念するしかないかもしれない。グレースは沈んだ気持ちでそんなことを考えた。

バスルームでアスピリン二錠を流しこみ、

なにかふさわしい服はないかと洋服だんすをくまなくさがしたあと、翡翠《ひすい》色のベストに薄いボイル地のシャツを選ぶ。

再び娘を呼ぶ父親の声が聞こえ、グレースはウェッジソールの靴に足を突っこむと、部屋から出て階段を下りた。

まだ七時になったばかりで、店はそれほどこみ合ってはいなかった。しかしカウンターの奥には、乾かさなければならないグラスや積んでおかなければならないソフトドリンクのケースがある。じきに汗ばんできたグレースは、厚着をしなくてよかったと思った。

そういえば、ロンドンにいたときは座りっぱなしの作業が多く、ときどきジムに行く程度の運動で満足するしかなかった。ロスバーンに住んだら、ランニングを再開させよう。

パブがしだいにこみはじめると、料理の注文も入るようになった。アルコールを出したり料理を運んだりしているうち、グレースは腕に痛みを感じるようになった。いつの間にか頭痛が消えていたのだけが救いだ。

そのときスイングドアが押し開けられ、一人の男性がパブに入ってきた。背後から差しこむ夕日で、顔は見えない。だが、大柄で背が高く肩幅が広いその姿はジャック・コナリーのものだと、グレースはすぐにわかった。

「やあ」

ジャックは勇気を振り絞ってグレースに声

をかけた。前回会ったときにキスをしたことを謝らなければいけないという気持ちが、どこかにあった。

だが、彼女も僕を拒絶したりしなかった。口を開いて舌をからめたら男はますます夢中になると、誰かが教えてやるべきだ。

「いらっしゃい」グレースの声はわずかにかすれていて、ジャックの耳にセクシーに響いた。彼女が運んでいる皿を顎で示す。「仕事中なので、失礼するわ——」

「待ってくれ！　話があるんだ」彼はまわりに視線を向けた。「不動産会社にいるとき以外、どうやって君に連絡を取ったらいいのかわからなかったんだよ」

「話などなにもないはずよ、ミスター・コナリー」グレースは背中で個室ラウンジへと続くドアを押し開けた。「それじゃあ」

ジャックはやり場のない気持ちをかかえたまま、隣の部屋へ消えていく彼女を見つめた。喜ばれるとは思わなかったが、これほどそっけなく扱われるとは想像していなかった。

彼は顔をしかめた。困ったことに、僕はコテージでの出来事を頭から追い出せずにいる。あの日以来なについても、あるいは誰についても、しっかりと考えられなくなっているみたいだ。

だが、パブへ来た理由はそれだけではない。数日前にミセス・ノートンが訪ねてきてから、コテージを生まれ変わらせるのは自分だという気持ちが固まっていた。持てる専門知識と技術であの建物を住み心地のよい場所に変えるという作業が、とてもやりがいのあることに思えていた。

ジャックには夢中になれるものが必要だった。余暇をのんびりと楽しむのは、性に合わない。今回は設計に専念し、実際の作業は現在住んでいる家を改築したときに手を貸してもらった職人たちに任せるのはどうだろう？

ジーンズの前ポケットに親指を引っかけ、彼はどうしたものかと考えた。飲み物を注文して時間をつぶすか、あるいは個室ラウンジから出てくるグレースをここで待つか。

二分ほど過ぎたころ、ドアが開いてグレースが再び現れた。まだそこにいるジャックに気づいても、彼女は表情を変えなかった。

ジャックはひどく残念な気がした。なぜなら、笑うとグレースはとても魅力的だからだ。股上の浅いジーンズにゆったりしたシャツを合わせた今日の装いは、彼女の体型や女らしさを際だたせていた。

彼が手を上げて引きとめなければ、グレースは無言で目の前を通り過ぎていただろう。

予想どおり、立ちどまった彼女は渋い顔をしていた。「ねえ、勘弁して」ジャックの手が届かない距離でため息をつく。「どうやら誤解させてしまったようね。でも、あんなのはただのキスでしょう？」

「そんなふうに考えてくれるなら、僕も気が楽だ」グレースの言葉に不思議といらだちを覚えたが、ジャックはあえて口にしなかった。

「実は、謝りに来たんだ」

「謝る？」思わず感情的な声になり、グレースは心の中で自分を叱りつけた。けれどまさか、彼がそんなことを言いだすとは思ってもいなかった。

「ああ」ジャックは踵《かかと》に重心を置いて体を揺らした。「君は、僕があのコテージをあきらめればいいと思っているんだろうが……」

コテージ？　コテージですって？　グレースは目をぱちくりさせた。

「だが、僕ならうまく生き返らせることができると思うんだ」

グレースは目を見開いた。私ったら、なんて愚かなのだろう。ジャックはキスをしたことを謝っているわけじゃない。彼の頭にあったのはあのいまいましいカルワースのコテージだったのだ。正直に言うなら、あれは私にとっては単なるキスではなかったのに。

彼女が黙っているので、ジャックは肩をすくめて話を続けた。「正直に言って、チャンスに恵まれるとは思わなかったよ。グラフトンが買い値をつりあげたと、ヒューズから聞かされたときは。だが、ミセス・ノートンが

――」

「ミセス・ノートンと直接連絡を取ったの？」二人がじかに話をしたなんて、ミスター・ヒューズが怒るのも無理はない。

「違う。彼女が僕を訪ねてきたんだ」

グレースはぽかんと口を開けた。「ミセス・ノートンがあなたの家へ行った？」喉に手をあてる。「そんなはずはないわ」

ジャックは、グレースの態度にしだいに腹がたってきた。いったい、なんだっていうんだ？　なぜ彼女は、僕がずるいことでもしたような態度を取りつづけるのだろう？

「君が信じようが信じまいが、本当の話だ」彼は恐ろしいほど穏やかな口調で言った。

「僕の家にはいろいろな人がやってくる。君も来たようにね」

グレースは口を固く結んだ。「あなたの家を、なぜ彼女が知っているの？」

「僕は悪名高いからね」ジャックは平然と答えた。「当然、君も知っていると思ったが」

グレースの顔がかっと赤くなった。またもや、心ならずも感情が表に出てしまった。

「もう行かないと」気がつく前に言葉が出ていた。父はカウンターの奥で一人、悪戦苦闘しているのだ。

「そうだな」

ジャックはそっけなく肩をすくめた。その引きしまった男性的な体に、グレースはどうしようもなく目が釘《くぎ》づけになった。

貼りつくようなジーンズのせいで彼の脚の筋肉がくっきりと浮かびあがり、赤いポロシャツの喉元のボタンをはずしている姿は、たしかに魅力的だった。

ジャックに見とれているのに気づいて、グレースはあわてて視線をそらした。

「ああ、それから」彼は低い声もたまらなくすてきだった。「あの日のことは全部僕のせいだと、ショーンに言ってもらってもかまわない。もし彼が僕を殴りたいなら——」

「ショーンは人を殴ったりしないわ」自分が負けるとわかっている相手なら、特にそうだろう。

「そうなのか？　殴ったっていいのに」

そうすれば、あなたも少しはましな気分になるのかしら？「彼は獣ではないもの」

そのとき、ジャックの背後のスイングドアが開いて、二人の男性が入ってきた。

どちらも初めて見る顔だったが、一瞬浮かんだ彼らの表情から、人に聞かれたくない話のじゃまをしてしまったと思っているのは明らかだった。

あるいは、恋人同士の会話のじゃまをしたと考えているのかもしれない。

「私、本当に行かないと」

「どうぞ、お好きに」

ジャックはジーンズの後ろポケットに手を突っこみ、それ以上グレースを引きとめようとはしなかった。

　グレースは二人の客が通ったばかりのスイングドアを押したものの、すぐに中へ入ろうとはしなかった。「なにか……なにか飲んでいかないの？」

「君は僕にいてほしくないんだろう？　いやがられるとわかっていて、居座ったりしないよ」

「あなたがなにをしようと気にしない、と私が言ったら？」

「そんなはずはないだろう？」ジャックは冷たく言い返した。「せっかくの申し出だが、グレース、今日はやめておくよ」

「グレース！」


　スイングドアが勢いよく開き、グレースは反射的に身を引いた。「パパ！」狼狽《ろうばい》と抗議がまじった声をあげる。「もう少しで、私にぶつかるところだったわよ」

　トム・スペンサーは一瞬黙りこんだものの、その目は本能的に娘の隣にいる男性に向けられていた。

　ジャックはその場から立ち去る機会を逃した。年配の男性の顔に浮かんだ表情からして、僕とグレースは後ろめたい気持ちを隠しきれていなかったに違いない。

7

「どうかしたのか、グレース？」

トム・スペンサーの声は、敵意というよりも好奇心に満ちていた。ジャックが見つめていると、グレースは唇を湿らせた。

　とても刺激的な仕草だが、今回に限っては自分が誰であるかを説明しなければという気持ちのほうが、ジャックの中では勝っていた。

「僕はジャック・コナリーといいます、ミスター・スペンサー。不動産会社で扱っている物件を買いたいと、グレースに話していたところなんです」

　にっこりしたジャックの顔はいかにも好青年といった感じで、グレースはそんな彼にうっとりとした自分を情けなく思った。

「しかしどうやら、彼女をうんざりさせてしまったようで」ジャックは魅力的な笑みを浮かべて続けた。「そもそも、勤務時間外に仕事の話をした僕がいけなかったんでしょう」

「ああ。グレースは店を手伝っている最中でね」トム・スペンサーは娘のほうを向いた。「できあがった料理が四皿もそのままになっているぞ」

「すぐに運ぶわ」

笑みともなんともつかない表情を浮かべてから、グレースはその場を離れた。父は娘が一人前の女性であるのをときどき忘れるようで、彼女がボーイフレンドを連れてくるたびに、念入りに品定めをする習慣があった。もっとも、ジャック・コナリーは私のボーイフレンドじゃない。しかも、父はショーン・ネスビットという男性を大きく見誤っている。

二人になったジャックとトム・スペンサーは、取ってつけたような礼儀正しさを発揮して視線を合わせた。

「娘はパブの仕事が本当は好きじゃないらしいんだ」料理が運ばれることになってほっとしたらしく、グレースの父親は肩の力を抜いた。「私はトム・スペンサー、グレースの父だ。君と会ったことは――」

「今夜が初めてです。僕は一年半ほど前に、村に越してきたばかりなので。海岸沿いに立っているリンディスファーン・ハウスという古い家をリフォームして住んでいます」

「なるほど」

会ったことはないが、彼は僕をまったく知らないというわけではなさそうだ、とジャックは思った。

「娘にボーイフレンドがいるのは、君も知っているだろう?」

「ええ、知っています」

「ショーンはいい青年だ、本当に。妻も私もとても気に入っている」

もしかしたら、その点に関してはいずれ疑問を抱くはめになるかもしれませんよ。ジャックは心の中でつぶやいた。

「リフォームは順調に進んでいるのかね、ミスター・コナリー？」

「ジャックと呼んでください。二カ月前に終わりました。大変な仕事でしたよ」話がどこへ向かうのかわからないまま、彼は答えた。「ですが、楽しかったです」

「そうだろうとも」トム・スペンサーは一瞬考えてから、ドアのほうを身ぶりで示した。「一杯おごらせてくれ。我々は、新しくやってきた者をパブで歓迎するんだ」

「いや、それは――」

ジャックは断ろうとしたが、トム・スペンサーは引きさがらない。「グレースとの話をさえぎってしまった、せめてものお詫《わ》びだ」彼はどうぞと言わんばかりにドアを押し開けた。「君が欲しがっているというコテージについて聞かせてくれないか？」

つまり、娘には近づいてほしくないが、世間話はかまわないということか。無下に断るのも気が引けて、ジャックは軽く肩をすくめると、トム・スペンサーの先に立って暖かく陽気な雰囲気のパブの中へと入っていった。

グレースの姿は見あたらなかったが、やや

あってから、皿をのせたトレイを持って彼女がスイングドアの向こうからやってきた。ジャックを見ると、わずかに目を見開き、さぐるような視線を父に向ける。

二人がなにを話していたのか、気になっているのだろう。カルワースでの出来事をしゃべったとでも思っているのか？　そんなことをしたら、パブに招き入れられるはずなどないのに。

トム・スペンサーの勧めに従ってカウンターに座り、ジャックはグラスビールを注文した。いつもは瓶ビールを好んで飲むが、出てきたビールはおいしかった。濃厚でクリーミーで、上唇に泡がついた。

だが、コテージの話を始める前に、グレースが戻ってきた。彼女は父を別の客へとうまく誘導してから、カウンターをふくふりをしてジャックの前に立った。

「気が変わったのね」帰らなかった彼を、グレースがどう感じているのかはわからない。「父は失礼なことを言わなかったかしら？」

「失礼なことなど言われていない」ジャックはもうひと口ビールを飲んで、手の甲で口をぬぐった。「君はどうなんだ？」

「どうって？」

グレースは顔を上げ、警戒するような目を向けた。澄みきった緑色の目に、ジャックはまたもやどきりとした。手を伸ばして不安そうな彼女の顔を包みこみ、目の下のくまを親指で撫《な》でてやりたい。

グレースのこめかみや耳の下あたりでは脈がどくどくと打ち、頭の上でまとめた赤みがかった金色の髪が少しばかりほつれている。ジャックはこぼれているその髪を払って、汗ばんだ肌を舌で味わいたいと思った。

やはり、来るべきではなかった。トム・スペンサーの招きを受けたのはまずかった。

ジャックはビールを飲みほし、空になったグラスをカウンターに置いた。

「私にも一杯おごらせて」

「いや、もうじゅうぶんだ。おいしかったよ。お父さんに礼を言っておいてくれるか？」

「帰るの？」

「そのほうが君もうれしいだろう？」

グレースは息を吐いた。そうだった。ジャックには帰ってもらったほうがいい。彼が私をどんなに魅力的だと思っていても、そこにはなんの意味もないからだ。

ジャックは亡くなった妻を愛していたに違いない。キスをしたのは妻への行き場のない思いをぶつけただけで、私に惹《ひ》かれているわけではないのだ。

私だって、彼に惹かれているわけじゃない。

「私……あなたがミセス・ノートンとどんな話をしたのか、聞きたかったの」グレースはとっさに頭に浮かんだ言葉を口にした。「彼女をどう思った？　かなり変わった人だったでしょう？」

「たしかに。彼女を知っているのか？」

「少しだけね」グレースは別の客の注文を取り、すぐに戻ってきた。「そもそも、あのコテージの売却は私の担当だったの」

「ああ、なるほど。相手はグラフトンだな」

グレースは顔をしかめた。「別の人が買うと、明日彼に連絡をしなければならなくて。きっとがっかりするはずよ」

〝がっかり〟程度ではすまないはずだ。「僕が代わりに連絡しようか？」

そうしてもらえるならなによりだが、グレースは首を振った。「私の仕事だもの。そういう点に関して、ミスター・ヒューズは厳しいの」

「ヒューズ？　ああ、不動産会社の人間だな」

「別の言葉で言い換えるなら、私の上司よ」

グレースはジャックにちゃめっ気のある笑みを向けた。異性だと意識しなければ、ジャックと話すのは本当に楽しかった。もっとも正直に言うなら、異性を感じさせるやりとりも嫌いではないけれど。

ジャックはショーンとはまるで違う。私と話しながらでも、つねに周囲を見まわして魅力的な異性をさがさないし、私の話にも心から興味を持っているように見える。

再びほかの客に応対してグレースが戻ってきたとき、ジャックはスツールからすべりおりた。「君は忙しそうだから」二人の間の空気が以前とは変わったように感じるのは、僕の思いこみだろうか？　「ビールをごちそうさまと、お父さんに伝えてくれ。おやすみ、グレース」

帰ってほしくないと思っている自分に、グレースは気づいた。けれど客にお代わりを出して戻ってくると、ジャックはいなくなっていた。

彼と入れ替わるように、父がそばにやってきた。「ミスター・コナリーは帰ったのか？　どんな話をしたんだ？」

「まあ、コテージのことをいろいろとね。ほかになにを話すというの？」

「ただ、きいてみただけさ。なんだか、とても……仲がよさそうだったから」

「まあ、パパったら！」

「ショーンはジャック・コナリーを知っているのか？　もし私がおまえの恋人だったら、彼との仲を疑ったかもしれんぞ」

「ショーンなんて、もう恋人でもなんでもないわ、パパ！」彼女はため息をついた。

「だが、ショーンはまだおまえに未練がある」父は言い返した。「若いカップルなんて、みんなけんかをするもんだ。そして、仲直りをするんだよ」

「そうかもしれないわね」両親のお金さえ取り戻せたら、これ以上ごまかさなくてすむのに。「いずれにせよ、ジャック・コナリーは私なんてなんとも思っていないわ」

「そうなのか？」

「あの人は不動産会社のお客さんなのよ、パパ。パブでパパの手伝いをしてはいるけれど、私の本職は不動産会社のほうなの」

トム・スペンサーは顔をしかめた。「あいつがおまえの客だって？　彼の売買をおまえが担当しているのか？」

「そういうわけじゃないわ。ただ先週、彼をカルワースのコテージに案内したの」

「ほう」あまりうれしそうな声ではない。

「彼はあそこをどうするつもりなんだ？」

「さあ、どうするのかしら。たしか、彼は建築家のはずよ。だからミスター・グラフトンと同じように、売ったり貸したりできるようにリフォームするつもりなんじゃない？」

「それにしても、なぜジャック・コナリーが買う？　ウィルが第一候補じゃなかったのか？」

「ウィル？　ああ、ミスター・グラフトンのことね。ええ、そうだったわ。でも、ミセス・ノートンがジャックに売ると決めたの。私のせいじゃないわ。彼女だけが気に入った人に、コテージを売却できるの」

リンディスファーン・ハウスに戻ったころ、あたりは暗くなりはじめていた。玄関を開けて中に入ったとたん、ジャックは自分一人でないことに気づいた。

明かりをつけると、リサが階段の中ほどに座っていた。脚を組み、片方の足の先にサンダルを危なっかしく引っかけている。「まさか、あなたがパブに行くとはね」

「長い間には、いろいろある」ジャックは彼女の返事も待たずにキッチンに向かった。

夕食はまだだったが、空腹は感じない。コーヒーメーカーをセットして、スイッチを入れた。いつになく攻撃的な気分だったのは、リサが現れたせいではなかった。

「冷蔵庫の中に煮込み料理が入っているわよ」リサがキッチンの入口に立った。「今朝、ミセス・ハニーマンが持ってきたの」

ミセス・ハニーマンは家政婦だ。ジャックが一人ではきちんと食べないのではないかと心配して、彼女は手作りのおいしい料理をたびたび持ってきてくれるのだった。

ジャックは答える代わりにため息をつき、マグカップを取り出して、御影《みかげ》石の調理台に乱暴に置いた。リサを追い払いたかったが、過去の経験から、言いたいことを言うまで彼女は消えないだろう。

「なぜそんなに不機嫌なの？」亡き妻の言葉に、ジャックは悪意に満ちた目を向けた。

「君には関係ない」ぴしゃりと言う。「けんかの相手をさがしているのでなければ、僕の前から消えてくれ」

「まあ、怖い！　魅力的なミズ・スペンサーと、けんかでもしたのかしら」

リサはいつもひと言多かった。「消えろよ、リサ」

「彼女とかかわると、厄介なことになるかもしれないわよ」リサはつぶやいた。

「グレースには恋人がいる。忘れたのか？」

「ショーン・ネスビットでしょう！」リサは吐き捨てるように言った。「あなたを困らせるなんて、黙ってられないわ」

「どういう意味だ？」

ジャックはリサを見つめたが、その姿はすでに薄くなりかけていた。「なんでもないわ」彼女はそっけなく肩をすくめて消えた。

ジャックは悪態をついて、マグカップに濃いブラックコーヒーを注《つ》いだ。無造作に口をつけたので、もう少しで火傷《やけど》しそうになった。

どうやら、僕は本当におかしくなりかけているのかもしれない。いつまで幽霊と話しているつもりなんだ？　仕事をしよう。そうすれば、少なくとも家にいなくてすむ。

三週間後、ジャックはコテージの売買契約書に正式にサインをした。ミセス・ノートンは大いに喜び、彼をディナーに招待するとさえ言いだした。

グラント・ヒューズの反応は冷ややかだった。ミセス・ノートンは不動産会社にもきちんと手数料を支払ったのだが、ジャックが訪ねていっても、グラント・ヒューズは喜んで迎え入れたりはしなかった。

要するに、グラント・ヒューズは礼儀知らずのでくの坊なのだろう。ジャックはそう結論づけた。ミセス・ノートンが途中でしゃばってきたこともおもしろくなかったのだろうが、それ以上に友人が欲しがっていた物件を、グレースが案内した別の人間に横取りされたことが気に入らなかったようだ。

不動産会社に行けば、グレースに会えるかもしれない。ジャックは期待したものの、予想ははずれた。

会社にはエリザベス・フレミングの姿しかなく、もう一人の女性はどうしたのかときくのはどこかはばかられた。

もうグレースと会う機会もなさそうだが、かえってそのほうがいいのかもしれない。

土曜日の午前中、ジャックがカルワースで建築業者との打ち合わせを終えて帰宅すると、シルバーのメルセデスベンツが門のところにとまっていた。その車を見たとたん、彼の気持ちは沈んだ。今回も、来客を迎えるような格好はしていない。

車の中に人の気配はなく、レクサスを降り

たジャックはあたりを見まわした。

人の姿はない。別の人の車なのかもしれないと安堵《あんど》のため息をつき、後部座席からジャケットを引っぱり出すと、玄関へ向かって鍵穴に鍵を突っこんだ。

コテージにいたときに寝室の壁が崩れ落ちたので、帰ったらまずシャワーを浴びようと決めていた。建築業者と一緒に埃《ほこり》まみれになったので、髪に砂がまじっているのがわかる。ドアをまたぐのももどかしく、ジャックはトレーナーをたくしあげて脱ごうとした。

「おい、ジャック! ちょっと待ってくれよ」

聞き間違えようのない声だ。ショーンと

……そしてグレースが建物の後ろから現れたとき、ジャックは脱いだトレーナーを握りしめていた。汗が幾筋も胸を流れ、うなじのあたりの髪は湿っている。

「庭を見せてもらっていたんだ」ショーンは明るく言った。勝手に入りこんでいたことがばれたのに、まるで動じていない。「昼には君も戻ってくるだろうと思っていた。思っていたというより、願っていた、かな」

グレースはショーンに同調するような笑みを浮かべていた。だが、上半身裸のジャックが玄関先に立っているのを見たときから、胸はどきどきしていた。

トレーナー姿のジャックをすてきだと表現

するなら、トレーナーを着ていない彼は果てしなく心をかき乱す存在だった。黒髪はあちこちにはね、広い胸は筋肉で盛りあがり、腹部は平らだ。

　色あせたジーンズが引きしまった腰をさりげなくおおっているが、数分後には脱ぎ捨てられるのだろう。下着ははいているのだろうか？　そんなことを考えたとたん、グレースの呼吸は速くなった。

「ええと……入ってくれ。居間の場所はわかるだろう？　そこで少し待っていてくれないか？　僕はシャワーを浴びてくる」ジャックが言った。

「もちろんかまわないさ、友よ」

　汗をかいたジャックの肌の香りが漂ってきても、グレースは不快だとは思わなかった。それどころか全身がざわめき、脚の間が突然うるおうのがわかって、今日はジーンズをはいてこなくてよかったと思った。

　ジャックはほんの一瞬、グレースと視線を合わせた。「やあ、グレース。また会えてうれしいよ」その挨拶は、体から発散される熱とは対照的に冷ややかだった。

　二人の間にあったことなど、全部ジャックの記憶からは消えてしまったかのようだ。グレースは小さく息を吸うと、ショーンの先に立って前回通された居間へと向かった。

8

「ほらみろ」ジャックが一気に階段を駆けあがる音が聞こえると、ショーンは言った。

「彼はそのへんにいると言っただろう？」

グレースは肩をすくめた。「もしかしたら、カルワースから戻ってこなかったかもしれないわ。髪が砂まみれだったでしょう？　たぶん、コテージで作業をしていたのよ」

「そんなことはどうだっていい」ショーンはぞんざいに言い、やわらかい革のソファにどさりと座って隣を軽くたたいた。「座れよ。一緒に来てもらって、本当にありがたいと思っているんだ。君とはずいぶん話をしていなかったが、ロスバーンにとどまるという気持ちが変わってくれるのではないかという希望は今でも捨てていない」

「私はただここに〝とどまる〟だけじゃないでしょう、ショーン？」グレースは思わず声を荒らげた。「それに、一緒に来たのは父に強く言われたからよ」

トム・スペンサーは、ジャック・コナリーがコテージのことで娘に会いに来たとは信じていなかった。父がその一件をショーンの前で口にしたらと思うと、グレースはひやひやしどおしだった。

昨夜、ショーンはなんの前触れもなくパブにやってきた。彼がロンドンに戻ってから七週間が過ぎていたので、ようやく自分の気持ちが伝わったのではないかとグレースは思いはじめていた。

けれど、ショーンはそんなにやさしい人間ではなかった。

今ごろになって突然やってきた理由は、簡単に想像がついた。ロンドンで資金調達がうまくいかず、ジャックに貸してもらおうと決めたに違いない。

考えただけでうんざりするけれど、ジャックが私を現在の苦境から救ってくれるかもしれない。グレースはかすかな期待を抱いている自分を否定できなかった。もっとも、ジャックがショーンの話に引っかかるとも思えない。彼が手を出そうとしているウェブサイトなど、すでに多くの人が手がけていて、なんの目新しさもない。成功するには、奇跡が起こるのを願うしかないだろう。

「まあまあ」ショーンは甘く誘うような口調で言った。「僕たちがまだつき合っているふりだけはしてくれ。ジャックの前で、ばつの悪い思いをさせるなよ」

ばつの悪い思い？

突然激しい感情がわきあがり、グレースは目を閉じた。ショーンを応援しているふりをするくらいなら、ジャックに惹《ひ》かれていると認めてしまったほうがましじゃない？

グレースがそんなことを考えていると、ショーンが待ちくたびれたように立ちあがった。

「勝手にビールを飲んだらまずいかな？」彼なりに緊張して、落ち着かないのだろう。

「喉が渇いたんだ」

「自分の家でもないのに、だめよ」グレースはショーンの関心を窓の外に向けようとした。

「見て、すてきな景色だわ！　今日開催されるサーフィンの大会は、もう始まったのかしら。観戦したら楽しいでしょうね」

「冗談だろう？」ショーンはばかにしたように言った。「ウエットスーツを着た筋肉ばかたちがアイロン台の上に立つ姿に、僕がうっとり見とれると思うか？」

「サーフィンはそんなお気楽なスポーツではないと思うが」二人があわてて振り返ると、家の主《あるじ》がドア口に立っていた。

大急ぎでシャワーを浴びたのだろう、ジャックの乱れた黒髪にはまだ水滴がついている。男らしくセクシーなその姿を目にして、グレースの全身の神経が警戒態勢に入った。

腰に引っかけるようにはいたカーキ色のパンツと、黒のノーカラーシャツに着替えた姿からにじみ出る魅力は、ジャックと出会うまでは目にしたことがないものだった。

「ジャック」ショーンは悪びれるふうもなか

った。「ここからの眺めに見とれていたんだ」

「そうなのか？」

冷ややかな口調だ。きっとさっきのショーンの言葉を聞いたに違いないと、グレースは確信した。

「ああ。それで調子はどうだ、ジャック？　相変わらず波止場のごろつきのような暮らしをしているのか？」

「それを言うなら、筋肉ばかのサーファーじゃないのか？」ジャックは思わず言い返した。

「なんでもいいさ」ショーンはチノパンツの後ろポケットに手を突っこみ、胸を突き出した。「それより、ビールをもらえないか？　庭を歩きまわったから、喉が渇いた」

「わかった」ジャックは背中を向けかけてから再び振り返り、まっすぐグレースを見た。「君はなにが欲しい？」

どう答えればいいの？　何度も振り払おうとした光景が頭の中にはっきりとよみがえり、グレースは顔が赤くなった。

私が欲しいのは、裸でベッドにいるジャック。それと心を吹き飛ばすような……。

彼女は体を震わせた。なんて情けない！　ちらりと視線を向けられただけで、誘惑された気になってしまうなんて。

「ええと……なんでもいいわ」彼女はショーンの視線を意識しながらつぶやいた。

「ビールでなければなんでも、だろう？」ジャックがからかうように言う。「それなら白ワインはどうかな？」

「いいわね。それをお願いするわ」

「僕も一緒に行くよ」どうぞと言われるのも待たずに、ショーンがジャックについて居間から出ていくと、グレースはそばにある椅子に力なく座りこんだ。ショーンがなにをもくろんでいても、今はどうでもよかった。ジャックに惹かれているのを気づかれてはいけないとしか考えられない。

キッチンまでついてくるショーンのずうずうしさにあきれ、いらだちさえ覚えたが、ジャックはなにも言わなかった。冷蔵庫を開けて瓶ビールを二本とシャルドネの瓶を取り出し、ビール一本をショーンに渡す。「グラスは？」

「いや……いい」ショーンはビールの栓を抜くと、アイランド型キッチンに並んでいる背の高いスツールに腰かけ、つるされている銅鍋や鉢植えのハーブを眺めた。「いい家だな」ショーンはゆっくりとビールを飲んだ。「ずいぶんと注《つ》ぎこんだんだろう？」

「建物自体はかなり手ごろな価格で買えたんでね」金の話などしたくないと思いながら、ジャックは言った。「グレースの父親から聞いたかもしれないが、もともとここは廃屋に近い状況だったんだ」

「まさか、そんな家をすべて自分の手でここまで造り変えたのか？　おい、君には日曜大工の趣味なんかなかったはずだぞ」

「君はどうなんだ？　ノーサンバーランドで勤め口を見つけたのか？　それともロンドンにとどまると決めたのか？」

　ショーンは肩をすくめた。「勤め口なんかさがしていないさ。だが、グレースには黙っていてくれよ。僕はまだウェブサイトへの出資者が見つかると信じているんだ」彼は残っていたビールを飲みほした。

「ウェブサイトを立ちあげるのに、さほど費用がかかるとも思えないが」

「僕が思い描いているものは、ほかとは違うんだ」ショーンはそう言い返し、空になった瓶を掲げた。「もう一本いいか？」

「ああ、いいとも」ジャックは冷蔵庫を開けて、ビールをもう一本ショーンに渡した。

「居間に戻らないか？　どこへ行ったのかとグレースが心配しているぞ」

「グレースのことは気にするな」ショーンは瓶の栓を抜いて、再び勢いよく飲んだ。「ああ、こいつに限るね」

　彼がジャックをじっと見る。

「君は彼女をどう思っているんだ？　彼女というのはグレースのことだが」その質問には、ジャックの心を見透かすようなずるがしこさが感じられた。「グレースに会ったんだろう？　僕がロンドンに戻ったあとに」

ジャックは平静を装った。「不動産会社へ行ったときだろう？　ああ、カルワースのコテージまで案内してもらった」

「ふうん」ショーンの目が鋭くなった。「それで、どう思っている？　聞かせてくれよ」

憤りがふつふつとわきあがってきた。いったいなぜ、ショーンはそんなことをきく？

「僕になにを言わせたいんだ？　彼女はすてきな人で、とても有能だよ」言葉が喉に突き刺さりそうだった。「君は運がいい」

「ああ、そうだな。だが、彼女は僕が与えられるものよりもずっと多くを望むんだ。なだめるのが大変で、君がうらやましいよ。金のために人に媚《こび》を売らなくていいんだから」

「君だって同じだろう」

「いや、違うね。ひとかどの男になるためには、プライドを気にしていられない」ショーンは吐き出すように言った。「僕には莫大《ばくだい》な財産を遺《のこ》してくれる祖母はいないんだから」

ジャックはため息をついた。「君がそんなふうに考えているとしたら残念だ、ショーン。だが、僕だってなにもかも恵まれているわけじゃない」

「リサのことか」

「ああ、リサのことだ」そう言ってから、最近は妻について考えなくなったのに気づいた。最近はグレースのことばかり考えている。距離を置こうと決めたはずなのに、潜在意識は思いどおりにならなかった。

　ショーンは肩をすくめた。「リサは美しい女性だった。しかも、君は彼女を愛していた。でも、リサが聖人ではなかったのは、わかっているはずだ」

　ジャックは顔をしかめた。「いったいどういう意味だ？」僕が知る限り、ショーンがリサに会ったのはたった二度で、しかも一度は二人の結婚式だった。リサの性格まで判断できるような機会はなかったはずだ。

「意味などない。事故から二年がたつんだ。僕がなにを言おうと、もう時効だよ」

「言いたいことがあるなら、はっきり言ったらどうだ？」

　ショーンは背中を丸めた。「相変わらず、偉そうな態度だな」

「そんな僕に助けてほしくて、君はここへ来たんじゃないのか？」

「わかった、わかったよ。ウェブサイトに関する僕の考えを話す」ショーンは一瞬黙りこんでから、自信たっぷりに話しはじめた。「僕は比較サイトを作りたいんだ。似たものがたくさんあるのはわかっている。それでも僕が考えているのは、今まで見たことのないようなサイトで……」

　三十分以上たって、ジャックとショーンは居間に戻ってきた。悦に入った満足そうなショーンの表情から目的を達成したのがわかり、グレースは胃が痛くなった。

いったいどんな手を使ったのだろう？　ジャックはなぜ簡単にショーンの要求を受け入れたのだろうか？　ショーンのウェブサイトで得をするなにかでも見つけた？　あるいは、カルワースでの情熱的なひとときに後ろめたさを感じていた？

「白ワインだったね？」

ジャックに差し出されたグラスを、グレースは受け取るしかなかった。彼と視線は合わせなかったものの、指と指が触れたとたん、そこから肩に向かって電流のような感覚が走る。

「ありがとう」グレースはぶっきらぼうにつぶやいた。ショーンが近づいてきて、彼女が座っていた椅子の肘掛けに座ると、グレースはますます気分が悪くなった。

「いい知らせがある」ショーンが言った。

「なんなの？」彼女は義務としてきいた。ジャックは椅子に座ろうとはせず、部屋の反対側の小さな机に浅く腰をかけていた。

目の隅でとらえたジャックは、靴をはいていない。その姿をひどくセクシーだと思ってしまう自分が、グレースは情けなかった。

「ジャックが僕の考えに賛同してくれたんだ。きっと興味を持つと言っていただろう？　僕たちはよく似ている。彼は投資すべき相手をよくわかっているんだ」

　ジャックとあなたは全然似ていない、という言葉を、グレースはけんめいにのみこんだ。そんなことを言ったところで、なんにもならない。彼女はますます気が滅入《めい》った。

　なぜショーンは自分でじゅうぶんな資金をためず、危なっかしい仕事に手を出そうとするの？　ウェブサイトなんて、成功者の陰にはその十倍以上の失敗した人がいるのがあたりまえなのに。

　椅子の肘掛けに座っているのをグレースがいやがっていると知りながら、ショーンには移動する気配もなかった。「なにか言うことはないのか？　商談がうまくいってよかったと、祝ってはくれないのか？」

　グレースは唇が凍りついた気がした。なにか言わなければ。けれどジャックの顔に軽蔑するような表情が浮かんでいるのが視界に入ると、冷たい指で背筋を撫《な》でおろされた気がした。

「ええ……とてもうれしい知らせね」自分の耳にも説得力があるようには聞こえなかったけれど、ショーンだけは満足げだった。

　ジャックは、よけいなことを口にする前に目をそらした。グレースが目の前の無作法者と一緒にいるのを見るだけでも不愉快なのに、そいつの浅ましいぺてんを喜ぶとは。

　友人の気が変わらないうちに立ち去るのが

得策だと考えたのだろう、ショーンが立ちあがった。「そろそろ失礼するよ。予定より話が長引いて、グレースの母親が心配しているだろうから」

グレースは血が出そうなほど強く自分の舌を噛《か》んだ。私の母の気持ちなんて、ショーンは一度だって気遣ったことがない。

けれどそんなショーンでも、うんざりしているジャックには気づいたようだ。いくら面の皮が厚くても、少しばかり感覚はあったのだろう。

9

「まさか、本気でショーン・ネスビットに投資したりしてないわよね！」

グレースとショーンが一緒にいる夢に苦しめられ、眠れない一夜を過ごした次の朝、ジャックはベーコンドッグを作ることにした。

「それが君とどんな関係があるんだ?」リサのほうに不機嫌な視線を向ける。「まるで僕が投資したら、君にも失うものがあるような言い方だが」

「ひどいことを言うのね」リサは抗議するとアイランド型キッチンの反対側に立ち、腕を組んで言い合いに備えた。

「そう怒るなよ」かりかりに焼いたベーコンを全粒粉パンの切りこみに入れ、ジャックは肩をすくめた。「だがショーンの言うとおり、僕は運がよかったんだ。少なくとも経済的にはね。彼とは何年もの間いい友人だったから、どこか負い目を感じたんだろうな」

リサは鼻を鳴らした。「ショーン・ネスビットは決してあなたの〝いい友人〟ではなかったわ」にべもなく言い返してから、押し殺したようなうめき声をあげる。「あらあら！ ひと悶着《もんちゃく》ありそうね！」

「どういう意味だ？」

ジャックが顔を上げて目をやったときには、リサの姿はすでに薄くなりかけていた。そして入れ替わるように、キッチンの窓の外にミセス・ハニーマンの姿が見えた。いつもより、少なくとも三十分は早い。

リサの言った意味を理解して、彼は思わず悪態をついた。

「まあ、ミスター・コナリー！」

入ってくるなり言われたそのひと言で、家政婦の言いたいことが伝わり、ジャックはため息をついた。「ああ、わかっているよ、炒《いた》め物は消化によくないって。それでも、腹がへったんだ！」

ミセス・ハニーマンは首を振り、ジャックが散らかしたものを片づけはじめた。フライパンを泡の立った水に突っこみ、ほかのキッチン用品は軽くすすいで食器洗浄機に入れる。そしてジャックのほうを向くと、ベーコンドッグにかぶりついている彼に言った。「コーヒーをいれましょうか？」

ジャックはパンをほおばったまま、無言でうなずいた。今日、すでに三杯は飲んでいるのは黙っておこう。

ミセス・ハニーマンは五十代なかばのがっしりとした体格で、パートタイムの家政婦に最初に応募してきた女性だ。彼女とジャックはすぐに意気投合した。

ファストフードを買うジャックの食習慣をひどく心配している家政婦は、特にここ数週間、あれこれと口出しするようになっていた。

「今日はずっといるので、お昼を作りましょうか？　新鮮なトマトを持ってきたから、昨日のステーキの残りを細かくすれば、ボロネーゼソースが作れますよ」

「ああ、ミセス・ハニーマン、気遣いはすごくうれしいんだが――」

「だが？」

「昼にはもう出かけてしまっている」ジャックは申し訳なさそうに言った。「カルワースで建築業者と打ち合わせがあって、一緒にサンドイッチを食べると思う」

「またサンドイッチですか!」

ミセス・ハニーマンが眉をつりあげ、ジャックは困ったような笑みを浮かべた。この家をリフォームしている間、彼は空腹を満たすためだけにものを食べていた。その中には、賞味期限から数日たったサンドイッチもあった。しかし、そんなことをミセス・ハニーマンに言うわけにはいかない。

「でも、大丈夫。夕食には新鮮な野菜を用意しておきますからね。それと、新鮮なステーキパイも」

ジャックは首を振った。「僕を甘やかしすぎだよ、ミセス・ハニーマン」

「だけど、誰かが甘やかさなくちゃ」彼女はきっぱりと言った。「そろそろ、女性のお友達を作ることを考える時期ですよ。亡くなった奥さまを大切に思うのもいいですけれど、男の人が一人でベッドにいるのは――」家政婦は突然、頬を赤くして黙りこんだ。

「ああ、言いたいことはわかるよ」自分の言葉がどれほど的を射ているか、ミセス・ハニーマンは気づいていないだろうが。

昨夜ジャックは、ある女性がベッドにいるところを思い描いていた。残念なのは僕がそうしていると、その女性は想像すらしていないことだ。

グレースは教会まであと一キロ弱というと

ころで駐車場に車をとめた。狭い駐車場には、小型のアウディや落ち着いた色のホンダ車がとまっているが、残念なことに、レクサスは見あたらない。

ここへ来れば、ジャックに会えると思ったのに。

不動産会社で小耳にはさんだところによると、コテージの改築許可はとどこおりなく下りたらしい。

だからといって、ジャックが今カルワースにいるという保証はなかった。作業が始まれば、彼がここに縛りつけられる理由があるとも思えなかった。

グレースはため息をついた。噂《うわさ》になる危険があったとしても、やっぱりジャックの家に行けばよかった。できるだけ早く、彼と連絡を取らなければいけない。

しぶしぶショーンに同行してジャックの家へ行ってから、ほぼ一カ月がたっていた。

あのときジャックに向けられた視線を思い出すと、今でも体が震える。自分もショーンと同じ穴のむじなだと思われているのが、彼のまなざしからはっきりと読み取れた。

だから、コテージでキスをされても私が抵抗しなかったのだと、ジャックは思っているのかもしれない。本当は、ショーンと一緒に行くのさえいやだったのに。

グレースは乱暴に車のドアを開けて外に出

た。暖かい日ざしが気持ちのいい朝で、前回来たときとはまったく違っていた。教会ももっとすてきに見える。まわりの木々には色とりどりの花が咲き乱れ、どこまでも続く海は今まで見たことがないほど青い。

深呼吸をしていると、潮の香りが肌にしみこむ気がした。グレースは、コテージがどんなふうになったかを見に行こうと思った。昼までなにもすることがなかったのだ。

歩きはじめたとたん、視界にレクサスが飛びこんできた。コテージから数メートル手前にとまっているジャックの車のほかにも、廃棄物を運ぶ大型コンテナや数台の車も見えた。

どうやらほかにもおおぜいいるようだ。ジャックと二人きりでは話せないとわかって、グレースの足取りは重くなった。

戻ったほうがいいかもしれない。会社にはここへ来るとは言っていなかったのだから。

そのとき、コテージから出てきた男性がグレースに気づいた。その男性はジャックではなかったが、彼女がなにか困っていると思ったのか、こちらに近づいてきた。四十代後半と思われる彼の顔には、見覚えがあった。

「それ以上近づかないほうがいい」男性はそう言って、かぶっていた安全帽を指さした。「君をうろうろさせておくと、安全衛生庁からとっちめられてしまう」

男性が誰だかに気づいて、グレースはかす

かな笑みを浮かべた。彼も彼女に気づいたらしい。

「トム・スペンサーの娘さんだろう？　パブで見かけたよ」

「ええ、そのとおりよ」ロスバーンからこんなにも離れた、しかもめったに人が来ない場所で、顔見知りと会うなんて。

　少しばかり遠くても信頼できる建築業者を雇うとは、いかにもジャックらしい。ボブ・グレーディーの会社はリンディスファーン・ハウスの改築にも部分的にかかわっていた。

「やっぱり」グレーディーは推測があたってうれしそうな顔をした。「こんなところでなにをしているんだ？　君は不動産会社で働いているんだろう？　まさか、ジャックがすでにこの物件を売りに出した、なんて言わないでくれよ」

「あら、違うわ。そんなんじゃない！」

「それなら、ジャックに会いに来たのか？」

「いいえ」グレースはうまく言い逃れようと、無邪気な表情を浮かべてみせた。「でも、ミスター・コナリーがコテージに初めて興味を持ったとき、案内したのは私なの。近くまで来たから、どんなふうにリフォームされているのか、見てみようと思って」

「なるほど」

　グレースの少しばかり都合がよすぎる理由にも、グレーディーはなにも言わなかった。

ありがたいことに、グレースが下手な言い訳を続ける前に、彼は言った。「リフォームに関しては、順調なすべりだしとは言いがたいな」

グレースは目を見開いた。「なにか問題でも？」

「そうなんだ」グレーディーは顔をしかめた。「基礎部分に致命的な問題が見つかって、主だった壁のほとんどを壊さなければならないかもしれない」

グレースは息をのんだ。「まあ」

「今、ジャックが別の建築家を連れてきて現場を見てもらい、話し合っているところだ。既存の基礎にコンクリートを流しこむ、という案が出ているらしい。それなら、全部を壊さなくてすむ」

グレースは首を振った。「彼はがっかりしているのかしら？」無意識のうちに、そんな言葉をつぶやく。

「がっかり？　ああ、たしかに喜んではいない。だが、問題を解決できる人間がいるとしたら、ジャック以外にはいない。彼はアイルランドで建築設計の賞をもらっているんだ。君も知っているだろうが」

知らなかったけれど、グレースは驚きもしなかった。ジャックならなんでもうまくやってのけるだろう、という気がした。

たとえば女性と愛を交わすことも、きっと

信じられないほど上手なはずだ。ほかの得意なことと同じくらい巧みなのではないか、と思わずにはいられない。

暖かい日だというのに、グレースの体が突然震えた。ジャックの手や唇の感触が、ありありと脳裏によみがえってきたのだ。

ああ、神さま、カルワースへ来た私が愚かでした。彼の香りを思い出しただけで五感が騒ぎだし、やわらぐことのない欲望が執拗《しつよう》に呼び覚まされるなんて。

グレースがなんの話をしていたのかけんめいに思い出そうとしていると、グレーディーが言った。「ジャックが来たぞ。一緒にいるのがもう一人の建築家だ。いい知らせがあるよう願おう。一時的にでも、作業員を解雇したくないからね」

二人の男性が近づいてくる姿に、グレースは胸が苦しくなった。ジャックが彼女の姿に気づいたころには、息をするのもやっとの状態だった。けれど、ジャックの顔は少しもうれしそうではなかった。

彼は今日もジーンズをはいていた。以前と同じジーンズは腰をぴったりおおっていて、運動選手のように無駄な肉のない体を強調している。

たくましい二の腕まで袖をまくりあげた黒いコットンのシャツは、胸元が大きく開いていて、日焼けした喉が目についた。

二人ともグレーディーと同じ安全帽をかぶっていたが、ジャックはレクサスに向かうとトランクを開けて安全帽を投げ入れた。

黒い髪はぼさぼさで、何度もかきむしったのがよくわかる。一カ月前に会ったときよりも伸びていて、首の後ろの襟が五センチほど隠れていた。

「お客さんだぞ、ジャック」グレーディーが言った。「最初に君をここに案内したミズ・スペンサーだ」

きちんとボタンをはめたシャツを着たグレースは姿勢を正し、用心深くジャックを見つめた。「ミスター・グレーディーから聞いたけれど、問題をかかえているらしいわね。ミセス・ノートンに相談したらどうかしら？　コテージを買い戻してくれるかもしれないわ」

「絶対にそんなことはしない」ジャックはグレーディーのほうを向いた。「ラファエルの意見では、コンクリートを使えば基礎部分を強化できるという話だ。立体駐車場でも造るなら、話は別だそうだが」

グレーディーが明らかにほっとして、満面に笑みを浮かべた。「ああ、それはよかった、ジャック。来週には始められるよう、さっそく準備に取りかかるよ」

「よろしく頼む」ジャックは隣に立つ男性を見た。「いろいろとありがとう、ラファエル。

本当に助かった」

「どういたしまして」男性はとんでもないとばかりに手を上げた。「君だって僕の力になってくれたじゃないか」ちらりと時計に目をやる。「そろそろ行かないと。さようなら、ボブ。失礼するよ、ミズ・スペンサー」

「あの……失礼します」

ジャックが紹介しなかったのに、私にまで挨拶をしてくれるなんて。ラファエルのやさしさが、グレースはうれしかった。

それに比べて、ジャックは明らかに迷惑そうだ。グレースは気まずそうに体を動かした。やっぱり、来なければよかった。さっさと帰ったほうがよさそうだ。「私も一緒に行きます」去っていくラファエルに声をかけた。

だが振り向いた建築家に、ジャックは言った。「いや、先に帰ってくれ、ラファエル。僕はミズ・スペンサーに話があるんだ」ラファエルが手を上げて行ったあと、ジャックは今度はグレーディーにうなずいてみせた。「作業員たちのところへ行って、この先の予定を話してきてくれるか?」

「ああ、そうだな」

グレーディーも去り、ジャックが自分のほうに向かってくると、グレースの胸は躍った。なにを望んでいるにせよ、彼に惹《ひ》かれていることは無視できなかった。その危険で男性的な美しさに、彼女の本能は反応していた。

10

「歩こう」ジャックはコテージから崖へと向かう道を指さした。「僕の車の中で話してもかまわないが、みんなが見ている」

「あなたにとってはまずいことなの？」

グレースが辛辣な言い方をすると、ジャックはひねくれた笑みを向けた。「君にとってまずいことなんじゃないか？」歩くよう彼女を促す。「グレーディーの作業員たちに、〈ベイホース〉で語れるゴシップの種を提供したいのか？」

「まあ！」グレースは息をのんだ。「あの人たち、話題にすると思う？」

「まず、間違いないね」

グレースはため息をついた。「あなたがロスバーンの人間を雇っているとわかっていたら、私――」

「ここへは来なかった、だろう？」ジャックは肩をすくめた。「分別のある行動とは言えないからね」

グレースは息苦しくなった。「あなたにどうしても話したいことがあったの」

「そうだろうと思った」

コテージの前を並んで通り過ぎると、興味

津々といった目が少なくとも六組は向けられているのを、グレースははっきりと感じた。

さらに進んでいくと、道はますますでこぼこになった。最近では、入り江に散歩に来た人や子供たちしか通る者はいないらしい。

風が強くて、グレースはありがたかった。シャツの襟元を開けていても、胸の谷間には汗が流れている。

「それで」誰にも聞かれないところまで来て、ジャックは言った。「話とはなんだ？」

グレースは乾いた唇を舌で湿らせた。ジャックに触れられているわけでもないのに、全身をぴったりと寄り添わせているかのようにその存在を意識してしまう。

彼から発散される体温がセクシーだと、意識せずにはいられない。全身を包みこむ、清潔な男性の香りにもくらくらする。

二人はごつごつした岩の階段まで来ていた。階段はジグザグになっていて、入り江まで下りられるようだ。「ええと……海岸まで行かない？」ひどく無謀だけれど、少なくとも詮索好きな人々の目からは逃れられる。

グレースの頭のてっぺんから足の先まで、ジャックが無遠慮な視線を走らせると、彼女の黒いストッキングに包まれた脚が震えた。

「そんな踵《かかと》の高い靴で、この階段を下りられると思っているのか？」

「それなら、靴を脱ごうかしら」グレースはなかば捨て鉢な気持ちで身をかがめた。「ほら、これでどう？　問題ないでしょう？」

彼女の口調に迷いは感じられないが、やはり階段を下りるのはやめたほうがいいのではないかとジャックは思った。少なくともここにいれば、自分にもいくばくかの良識があると思いこめる。

入り江へ行ったことは一度しかないが、その美しさとは裏腹に水はひどく冷たいし、この時間帯に人がいるとも思えなかった。

海岸まで下りるなど、どうかしている。

しかし、気がつくとジャックは言っていた。

「わかった。だが、僕が先に行く。君が考えているほど楽じゃないかもしれないからね」

グレースはうなずいた。まだ一段も進んでいないのに、すでに少し息が切れていた。

ゴム底のスニーカーをはいていたので、ジャックは楽々と下へ歩いていった。階段はでこぼこしていたが、進む方向だけを見ている限りは楽なものだった。

ごくたまに振り向くと、グレースの長い脚がスカートの奥まで続いている光景が目に入り、ひどく刺激された。そのたびに彼女が大丈夫か確かめるためにしているだけだと、彼は自分に言い聞かせた。

グレースはグレースで苦労していた。ジャックの肩を杖《つえ》代わりに使いたくてならない。シャツを通して伝わる彼のぬくもりが、安心感を与えてくれるはずだ。そして、そのシャツの下に手をすべりこませたら……。

彼女はそんな考えを抑えつけ、転ばずに歩くほうに気持ちを集中させた。けれど階段を下りきったときには、ストッキングのあちこちが破れていた。

先に到着したジャックがどこかおもしろがるような表情を浮かべているのに気づいて、グレースは思わずむっとした。「あっちを向いてて」彼が言われたとおりにすると、ぼろぼろになったストッキングを脱いでハイヒールにつめこむ。「これでよし。もういいわ」

そうは言ったものの、ストッキングを脱ぐと、さらに自分をさらけ出しているような気がした。黒いスカートをはいているせいで、色白の肌がいっそう白く見える。彼女は靴を階段の下に置いて、神経質にスカートを撫《な》でつけた。

そして顔を伏せたまま、爪先を砂の中に突っこんだ。きちんと向き合わないほうが、話を切り出しやすいと思ったのだ。

ジャックは八百メートルほどはありそうな入り江を見渡した。「向こうへ行こう。岩のそばに洞窟があるはずだ」

「洞窟ですって？」甲高い声をあげてしまい、グレースは咳払《せきばら》いでごまかした。彼と一緒に洞窟へなんて、行ってはだめ。たとえ、とても惹《ひ》かれる誘いではあっても断るのよ。

ここへ来たのは、過去の過ちを繰り返すためではない。ショーンが持ちかけた資金提供の話は、自分とはなんの関係もないとわかってもらうためだ。

「そう、洞窟だ。地元の人の話では、近くの城の地下道とつながっていたそうだよ」

「本当に？」

興味深そうに返事をしたものの、砂浜に着いてから、グレースの頭の中はますますジャックのことでいっぱいになっていた。ハイヒールを脱いだせいで、彼がますます大きく見える。なのに二人の間になにもなかったような態度を取られて、おもしろくなかった。

「その人の話では、地下道は天盤が崩れる恐れがあるので、現在はふさがれているそうなんだ。だが、真偽のほどはわからないな。このへんでは、いまだに闇取引なんかが行われているかもしれないぞ」

グレースは再び咳払いをした。「こ……このあたりで、本当にそんなことがあるのかしら？　潮の流れが速くて変わりやすいのに」引きつった笑みを浮かべる。「地元の人の中には、根拠のない話をおもしろおかしく話す人もいるわ」

ジャックは横目で彼女を見て眉根を寄せた。

「いったいどうしたんだ、グレース？　ここまで下りてきて、後悔しているのか？」

「違うわ！」

「本当か？　僕と二人きりになって、なにか起こるんじゃないかと怖がっていないか？」

　グレースはあんぐりと口を開けた。「そんなこと、思っていない！」

「よかった」ジャックはうなずいた。「怖がる必要はないと、断言しておくよ」

　グレースがどう考えているかはさておき、ジャックは海岸に下りようという彼女の提案を受け入れて後悔していた。ここには人の気配がまったくない。そして、グレースに断言こそしたものの、少なくとも彼の体の一部はその発言を聞いていなかった。

「あなたを信用していないって、私が言ったかしら？」グレースが荒い呼吸をするたびに、シャツの襟元が誘うように大きく開く。しかし、なんの不安も感じていないふりをすることで頭がいっぱいの彼女は、まるで気づいていないようだ。

「いや」ジャックは、魅力的なグレースの胸の谷間から視線を引きはがした。「だが、お互いをどう意識しているかを考えれば、信用していなくてもおかしくはないだろうな」

　グレースの頬がピンク色になった。「わ……私はあなたと話をしなければならないと思ったの。ただそれだけよ」

「さっきもそう言っていたな。なぜさっさと話さないんだ？」

「簡単にはできないの」

「そうなのか？　君が問題をかかえているようには見えなかったが」

　しばらく無言のまま歩いていたが、グレースはふいに立ちどまった。「コテージを改築するのに予想外のお金がかかりそうだから、私に腹をたてているの？」

　思いもかけない言葉に、ジャックは虚をつかれた。「いや……違う」立ちどまり、むずかしい顔をして彼女を見る。

　グレースは唇を固く結んだ。あなたはショーンのせいで厄介事に巻きこまれたかもしれないけれど、私はショーンとはなんの関係もない。ここにはそう言うために来た。なのに、なぜすんなりと口に出せないのだろう？

　いつまでも黙っているグレースに、ジャックは大きくため息をついた。思うところがあるのは明らかなのに、なんらかの理由で彼女はなかなか言い出せずにいる。

　ショーンが関係しているのだろうか？　グレースがこれほどためらう理由として、ほかはなにも思いあたらない。そう思うと、ジャックはあまり愛想よくなれなかった。「どうしたんだ、グレース？　ショーンに十万ポンドを貸しただけでは足りなかったのか？」

　グレースの口が乾いた。「あ……あなたはショーンに十万ポンドも貸したの？」

　ジャックは言ってしまったことを後悔し、黙って背を向けると海に目をやった。海は驚くほど青く静まり返っていて、水平線には陽炎《かげろう》が揺らめいていた。

　彼はため息をついた。さらに金を引き出すために、ショーンは自分では説得できないと考えたのだろうか？　彼が行くよりも、グレースのほうがうまくできると思った？　いや、計算したのだろうか？

　ようやくグレースのほうを向く。「大騒ぎするようなことじゃないだろう？　僕は承知のうえで融通したんだ。だが、これ以上は出さないと君の恋人に伝えてくれ。彼がなにをしているのかはっきりとさせるまで、追加投資をするつもりはない」

　グレースが左右に激しく首を振った。ひどく驚いているように見える。びっくりしているうえに、信じられないといった態度だ。

「なんて……なんて言ったらいいのか」グレースの緑色の目に涙があふれた。「私、知らなかったの……彼があなたにどれくらいのお金を貸してほしいと頼んだのか」彼女はそうつぶやくと、バッグをさぐってティッシュを取り出した。「本当よ、なにも聞いていなかったわ」

　ジャックはグレースを信じたかった。しかし、彼女はショーンの恋人だ。僕ではなく、ショーンの力になりたがるのは当然だろう。

　しかもリンディスファーン・ハウスの居間で待っていたとき、僕とショーンが話していた内容については彼女にも予想がつくはずだ。「わかったよ」ジャックはようやく言った。だが、彼の声に疑いを聞き取ったのだろう、グレースの目には新たな涙が浮かんだ。「信じていないのね」

こんなに純粋な目で嘘《うそ》を言える女性がいるとは、ジャックにはどうしても思えなかった。

「ああ、グレース」傷ついた彼女の姿に耐えられず、手を伸ばす。

しかし、グレースはその手から逃れるようにあとずさりをした。とがった石を踏んで顔をしかめても、下がるのをやめようとはしなかった。「やめて。哀れんでなんてほしくないわ」

ジャックはうなり声をあげた。「哀れんでなどいない」ざらついた声で言ってグレースに迫ると、ごつごつした岩壁が背中にあたって彼女が逃げ場を失った。「グレース」ジャックは両手を彼女の頭の両脇について、動けなくした。そして、危険な欲望をたたえた目で見つめた。「なんだってよけいなまねをするんだ?」

「ここへ来たことを言っているの?」グレースがかすれた声できく。

「それだけじゃない」認めるのももどかしげにかがみこむと、ジャックはグレースの唇を奪った。記憶と同じくその唇はみずみずしくしっとりとしていて、官能を刺激された彼はためらいもせず深く舌を差し入れた。

グレースが口を開いて迎え入れると、ジャックはさらに体を近づけた。硬くとがった胸の先が胸にあたった瞬間、彼はグレースを背後の岩肌に押しつけて、それが自分の体にどんな変化をもたらしたかを教えたくなった。

だが、ひとたびそんなことをすれば、思いとどまれる自信はなかった。

リサのことも愛していたはずなのに、グレースほど強烈に気持ちをかきたてられた記憶はない。グレースを守らなければいけないという気持ちと、彼女と一つになりたいという切迫した欲求の板ばさみで、ジャックは身動きもできなかった。「こんなことはばかげている」唇を離した彼は切羽つまった声で言い、顔をグレースの喉のくぼみに押しあてた。彼女の体が震えているのがわかると、ますます自分を責めたくなった。

「そ……そうね」ジャックが顔を上げて見つめたとき、グレースの目には期待とためらいが入りまじっていた。

「それなら、そろそろ戻ろう」しかし、ジャックは動けなかった。グレースの手が顔に触れ、彼の体がどうしようもなく震える。

ジャックの顎は無精ひげでざらついていたけれど、グレースはその手ざわりが好きだった。彼が頭を動かして、彼女のてのひらにキスをしたのもうれしかった。

うなり声をあげ、ジャックがグレースの顎をつかんで自分のほうに向けた。今度のキスは情熱的で貪欲で、彼女にはあらがう術《すべ》もなかった。

それどころか、グレースも進んで貪欲に応えた。自分たちがどこにいるのかも、誰かに見られているかもしれない危険もどうでもよかった。両腕をジャックの首に巻きつけて指を彼の髪の中に差し入れ、うなじにかかる湿ったくせ毛をつかむ。

体をそらしてジャックの体に押しつけると、彼の高まりがはっきりと感じられた。

グレースの貪欲な応え方に、ジャックは追いつめられた気分だった。こんなことになるとは思わなかった。そう思いながらも、彼の指はグレースの耳のくぼみの下をたどり、シャツの襟の中へと入っていった。

繊細なレース地のブラジャーは、あっという間に取り去られた。ジャックがほんの少し力を加えただけでグレースのシャツのボタンははずれ、胸がこぼれ出る。

「ああ」ジャックは思わずそうつぶやき、頭を下げて、片方のとがった胸の先に口づけをした。「君はとても……美しい」

感じやすい胸の先にジャックの舌がからめられ、グレースは息をのんだ。しっかり立っていようとするのに脚が震える。

ジャックは自制心を保っているふりをしよ

うとしたが、しょせんは勝ち目のない闘いだった。グレースの感触や味わいがあらゆる抵抗をくじき、再び唇を重ねたときにはもはや引き返せなかった。

　グレースのヒップをつかみ、どくどくと脈打つ欲望の象徴を従順な体に押しつけると、彼女は脚を開いてジャックをさらに引き寄せた。手さぐりでスカートを引きあげ、彼はグレースのひんやりした太腿を撫でた。肌はシルクのようになめらかだ。「君が欲しい」

「私もあなたが欲しい」かろうじて聞き取れる声でグレースが言い、ジャックは彼女の薄いショーツを下ろした。

「ここでいいのか?」

「ええ、いいわ」その言葉に、ジャックは一瞬目を閉じて理性が戻るのを待った。

だが、そんなことは起こらなかった。

　グレースがジャックのベルトをゆるめ、ジーンズのファスナーを下ろした。そして、熱をおびたかぼそい手を彼の体に伸ばした。

　ジャックはうめき声をあげ、グレースを持ちあげて両脚を彼の腰に巻きつけさせた。彼女の手をどけ、強く引き寄せて情熱のおもむくまま体を重ねる。

　今まで経験したことのない満たされた感覚に、グレースは息をのんだ。ジャックが自分の中にいると思うと、恐怖と喜びの両方を感じる。果てしない海をえんえんと進み、天使の羽にのって太陽へ向かっていく景色が頭に浮かび、くらくらしてくる。

　もったいをつけるようにジャックが少しだけ身を引いてから、もう一度中に入ってきたとき、グレースは爪を彼の肩に食いこませた。できるならジャックのシャツをはぎ取りたかったけれど、襟から指を入れてなめらかな褐色の肌を味わうだけにする。

　ジャックが同じ動きを繰り返すうち、彼女の体は火がついたみたいに熱くなった。呼び覚まされた欲望を静めるには、炎で焼きつくすしかないかのようだ。

　そして、最後の瞬間は訪れた。

　もう耐えられないと思った瞬間、グレースは全身がばらばらになった気がした。彼女が恍惚《こうこつ》の波に漂っている間に、ジャックも完全にのぼりつめた。

　手遅れになる前にジャックは身を離そうとしたが、グレースは彼の腰に巻きつけていた脚に自分でも驚くほどの力をこめて、少しでも長く一つになっていようとした。自分の至福の瞬間を分かち合ったように、彼の至福の瞬間も分かち合いたかった。

　おかげで、ジャックはグレースの中に深く身を沈めたままでいるしかなかった。彼女の中に種をまいた彼は、敗北の守護聖人であるユダ・タダイに、今回の致命的に愚かな過ちを許してもらえるよう祈った。

11

「いったいどこに行っていたの？」

ジャックが家に帰ったとき、日付はすでに変わっていた。何時間も酒を飲んでいて、リサの非難を受けて立つ気分ではなかった。

「消えろよ」うなるような声は不明瞭だ。

「いやだ、酔っ払っているのね。なにがあったの、ジャック？　いつもはすごく健康に気を遣っているのに」

無言のままジャックは玄関のドアを閉め、手さぐりで鍵をかけると、明かりもつけずに廊下を奥へと進んだ。

幸い、リサは追ってこなかった。彼は申し訳ないと思う余裕もないほど疲れていた。消耗しきっていて、一刻も早くベッドにもぐりこみたかった。

眠れるとは思わなかった。あれから心はざわついたままだ。そしていつまでも落ち着こうとしない五感が、あんなにすばらしいセックスは初めてだったと騒いでいた。

だから、いつまでもパブでぐずぐずしていたのだ。もちろん、グレースの父親の店ではなく、隣村のもっとこぢんまりとしたパブにいた。ほんのいっときでも、自分の心から海岸での出来事を追い出したかった。

だが、そうはいかなかった。

グレースの唇と体と官能的な甘い味ばかりが頭に浮かび、ほかにはなにも考えられない。

間違ったことなのに。何時間も自問を続けた今でさえ、あのとき自分がなにを考えていたのか、ジャックには理解できなかった。

たしかにグレースはあらがわなかった。しかし、僕の行動が正当化されるわけではない。あきれたことに、僕はショーンに対する融資を理由に、彼女につけこんだのだ。

グレースは心の平安が欲しかっただけで、誘惑してほしかったわけではないのに。

ショーンにひどいことをしたと思うと、ジャックは気分が悪くなった。

海岸で正気に戻ったのは、かもめの甲高い声のおかげだった。情熱に溺れ、初めて経験した強烈な感情に衝撃を受けていたせいで、グレースから体を離すにはかなりの努力が必要だった。しがみついてくるようすから、彼女も思いは同じらしかった。

ジャックが彼女の服を見苦しくない程度に直そうとすると、グレースは不満そうに小さなうめき声をあげた。そんな彼女を見たジャックは、もう一度キスをして、そのみずみずしい甘さを味わいたいという気持ちを抑えられなかった。

ああ、グレースはなにを考えていたのだろ

う？　僕はなにを考えていたのか？　きっと頭がおかしくなっていたに違いない。

原因は欲望だ。僕は身勝手な衝動に目がくらんだのだ。

靴を置いたところまで戻ってきたグレースは、情熱の余韻が冷めやらないまま、絞り出すように声を発した。〝ど……どうかわかってほしいの。私はこんなつもりじゃなかった〟かろうじて聞き取れるほど声は小さい。〝でも、あなたを責めるつもりはないわ〟彼女はため息をついた。〝ただ知っておいてほしかったの。あれは……お金のためにあなたに近づいたのは、私の考えじゃないって。この一カ月、私は勇気を振り絞って謝ろうとしていたの……ショーンのふるまいを〟

ショーン！　ああ、そうだろうとも。

グレースがあらがわなかったのは信じてもらうためだったのだと、ジャックは遅まきながら気づいた。

いや、違う。グレースはそんな打算的な女性ではない。目的のために体を使うなど、彼女は決してしないはずだ。

あのときグレースになんと答えたのか、ジャックは思い出せなかった。階段をのぼっている途中で足に石が食いこみ、痛さのあまり声をあげた彼女に手を貸したことしか、覚えていない。

そして、最後に決定的な質問をした。

〝君はショーンを愛しているのか？　もし愛していないのなら、なぜ彼と一緒にいる？〟

グレースは答えなかった。ただ奇妙なくらい目を光らせ、丸めたストッキングをバッグに押しこんでハイヒールに足をすべりこませた。

まるで靴をはくことで、先ほどの出来事との間に一線を引いたかのようだった。

実際のところ、彼女が心の奥底でどう感じていたのかは、今でもわからない。

海岸から戻ったグレースが車で去っていったとき、ジャックは自己嫌悪に陥るに違いないと予想していた。だが、厄介だったのは自己嫌悪より、彼女によって呼び覚まされた欲望が消えないことだった。

スコッチウイスキーでしたたかに酔っ払って後悔をまぎらそうかとも考えたが、結局は体を動かそうと決め、その後、ジャックは二時間ほどコテージのキッチンの壁を大きなハンマーで壊した。彼らしくない行動に、まわりの作業員たちからは好奇の目を向けられた。

しかし夕方になると、もはやじっとしてはいられなくなった。グレースと話さなければいけない。区切りをつけるのだ。頭を切り替えようと仕事に集中してみたものの、本心では彼女の声が聞きたくてならなかった。

不動産会社に電話をするとエリザベス・フレミングが出て、グレースは体調がすぐれないため、今日は会社に戻らないという連絡があったと言われた。

〈ベイホース〉に連絡すれば……。

しかし、ジャックは見知らぬパブに行った。求めていた心の安らぎは、そこにはなかった。浴びるように酒を飲んでも頭がずきずきと痛み、対処しきれないほど自己嫌悪がふくれあがっただけだった。

そのとき突然明かりがつき、階段をのぼっている途中だったジャックは、死にものぐるいで手すりにしがみついた。「やめるんだ、リサ」彼はののしった。幽霊になってから、彼女が明かりのスイッチを入れたことはなかったのに。「勘弁してくれ！」

「ジャック」

彼が顔を上げると、デブラ・キャリックが階段の上に立っていた。

「ああ、ジャック」デブラはコットンの部屋着をぽっちゃりした体に巻きつけた。「あなたは姉さんの死を乗り越えるためにここにいるはずなのに、どうやらうまくいっていないみたいね」

ジャックはうなり声をあげた。こうなるのだけは勘弁してほしかった。僕の心の傷を癒す手伝いをしに、リサの妹がやってくるなど冗談じゃない。

傷はもうないのに、と彼は遅まきながら気づいた。グレースとの間になにもなかったとしても、リサが亡くなったときに味わった心の痛みはとっくに消えていた。

「僕なら問題ない、デブラ」ジャックは手すりから体を離して、きっぱりと言った。

「でも今、リサって言ったわ。私、聞いたもの」義妹の目がうるんだ。

ジャックは息を吐いた。「君は想像でものを言っている。いずれにせよ、ここでなにをしているんだ？　いったい、どうやって入った？」

「あの……私がここに着いたとき、女の人がいたの。たしか、ハニーマンとかいったわ」

「ああ、ミセス・ハニーマンか。しかし、彼女はたいてい昼には帰るはずだが」

「ええ、帰ったわ」デブラが階段を下りてきたので、ジャックは後ろに下がって彼女と距離を置いた。「私、今朝飛行機でニューカッスルに着いて、十一時半ごろに空港からタクシーでロスバーンへ来たの」

ジャックはいつの間にか階段を下りきっていた。そのことに気づかずもう一段下りようとして体がよろけると、デブラは残りの数段を駆けおりて、彼の腰に腕をまわした。

「大丈夫よ」まるで子供を相手にしているような言い方だ。だが、ジャックの息からアルコールの匂いをかぎ取ったとたん、デブラはうろたえて体を引いた。「酔っているのね。あなたのお母さんの忠告に逆らってここへ来たけれど、正解だったわ」

義妹の腕から逃れたジャックは、必死にキッチンに向かった。

電話をくれなかった母が恨めしい。僕が精神的に危ない状態にあると思いこんだデブラがこちらへ向かっていると、警告してくれればよかったのに。

「コーヒーでも飲むか？」ジャックはきいた。

「こんな遅くに？」デブラもキッチンに入ってくると、彼は義妹との間にアイランド型キッチンが来るように移動した。「それより、なにか食べたら？」

「腹はへっていないんだ」

実際には朝食以来なにも口にしていなかったが、今は食べ物のことを考えただけで気持ちが悪くなる。

「君はなにか食べたのか？」

「ええ」デブラはうなずいた。「ミセス・ハニーマンが昼食にスープを作ってくれたの。それから、冷蔵庫にあなた用のステーキを入れておいたって。夕食には、勝手にオムレツを作らせてもらったわ。パイを焼こうかとも思ったんだけれど、あなたの帰ってくる時間もわからなかったし」

ジャックはうなずき、コーヒーメーカーのスイッチを入れて、疲れた顔で振り向いた。

「それで、君はなぜここにいるんだ？」

リサの唇を分厚くしたようなデブラの唇が

固く結ばれた。「理由ははっきりしていると思うけれど」彼の質問に傷ついているのが、その表情からわかった。「私たち、あなたが心配なのよ」

ジャックはため息をついた。「私たちって、誰のことだ？」

「あなたのお父さんとお母さん」彼女は一瞬考えてから続けた。「あとフランシスね」

フランシスとはジャックの弟だ。「それは違うな、デブラ。父も母も、僕を心配してはいない。僕が新しい場所で、したいことをしながら幸せに暮らしていると知っているからだ。それに、フランシスは司祭だ。兄を心配する時間などない」

「それからメイヴも。彼女、また妊娠したのよ。知っている？」

ジャックはかすかな笑みを浮かべた。「君は自分の質問に自分で答えているぞ、デブラ。妹には夫とまだ手のかかる小さな娘が二人いる。そのうえ、新しく生まれてくる赤ん坊がいるなら、自分から連絡を取ろうとしない兄にかまっている暇はないはずだ」

「彼女がそんな人じゃないことは、あなたもわかっているはずよ」

「たしかに」ジャックの家族はそれほど密に連絡を取り合う間柄ではないが、仲自体はよかった。

しかし、デブラは厳密な意味では家族では

ない。それに、義妹がロスバーンへやってきた理由は、純粋に僕を心配しての行動とも思えない。

「いずれにせよ」彼はコーヒーをマグカップに注《つ》いだ。「学校をさぼるのはよくないな」

デブラは鼻を鳴らした。「私は大学生よ、ジャック。それに今は夏休みなの」

ジャックはうなり声をのみこんだ。「それで？　これからヨーロッパ一周旅行でも始めるのか？」

「違うわ！」デブラはいらだたしげに義兄を見つめた。「言ったでしょう、あなたが心配なんだって。一人でちゃんと生活できているとは思えないんだもの」

ジャックはコーヒーをごくりと飲んだ。熱すぎて口の中を火傷《やけど》したが、少なくとも大量のアルコールでもやわらげられなかった心の痛みは忘れられた。「君をここに泊めるわけにはいかない、デブラ」彼は年上らしく理性的な口調で言った。

「なぜ泊まってはいけないの？　あなたには一緒にいてくれる人が必要よ、ジャック。あなたをよくわかっていて、世話をやいてくれる人が」

「いや、そんな人は必要ない」ジャックはできるだけ穏やかな口調を心がけた。「肉親なら別かもしれないが、僕たちに血縁関係はない。おまけに、君のように若くて魅力的な女性と僕が一緒にいると世間が知ったら、なにを言われるかは想像できるだろう？」

　デブラの表情がゆるんだ。「私を魅力的だと思うの？」

「もちろんだ」しかし義妹が近づいてくると、ジャックは両手を上げて制止した。「それでも君はリサの妹だ、デブラ。申し訳ないが、僕にそれ以上の気持ちはない。僕のことが心配だからイギリスまで来たなんて、正気とは思えないよ」

「なぜ？」

「なぜなら……そう、一つには君はまだ若すぎるからだ。それに、キルフェニーにはつき合っている男がいるんだろう？　たしか、ブレンダンとかなんとか言ったはずだが」

「ブレンダン・フォイルよ」デブラはベルトの毛羽をむしりながら言った。「でもあなたも言ったように、彼はまだ子供よ。私、男の子には興味ないの」

　ジャックは年老いた気分になった。恋わずらいのティーンエイジャーの相手など、なによりも勘弁してほしい。どうしてデブラの両親は、娘が一人で義兄のところへ来るのを許したんだ？「明日の朝、君のお母さんに電話して、君がこれから帰ると言うよ」

　その提案に、デブラはぎょっとした。「ママは私がここにいるのを知らないわ。パパもよ。二人には、あなたのご両親のところへ行くと言ってきたの。あとで、本当はどこにいたのかを教えるつもりで……」

「それなら、なにも言わないほうがいい。朝の便でダブリンへ戻れば、君がここにいたと二人は知らなくてすむ。僕の両親も、君が訪ねてきたら喜ぶはずだ。メイヴもね」

「あなたは私をなんとも思っていないのね？　いきなり押しかけた厄介者でしかないの？　私、少しでもあなたの気分がよくなることを言うつもりだったけれど、そんな気はうせたわ」

ジャックは首を振った。「君がなにか言ったからといって、僕の気分がよくなるとは思えないが」

ひどい一日を過ごしたあとなのだから、たとえ宝くじにあたったと言われても喜べるとは思えない。

「姉さんのことよ」デブラに引きさがる気配はない。

「リサがどうしたんだ？　今さら事故についてなんか――」

「姉さんは一人じゃなかったの」デブラは衝動的に口にし、ジャックはなにを言っているのかわからないという目で彼女を見つめた。

「どういう意味なんだ、一人ではなかったとは？　リサは一人だったよ。真っ黒になった車には、一人分の痕跡しか見つからなかった。ほかにも遺体の痕跡があったなら、そう報告されたはずだろう？　頼むよ、デブラ、君の姉さんはもう亡くなっているんだ。僕のことはそっとしておいてくれ」

「姉さんは一人ではなかったの」デブラは執《しつ》拗《よう》に続けた。「好きなだけののしればいいわ。でも、私は嘘《うそ》なんかついていない。男の人——姉さんと一緒にいたその人は、車の外に投げ出されたの。あの片方だけ見つかった姉さんのサンダルと同じように」彼女は深く息を吸った。「姉さんには恋人がいたのよ、ジャック。あなたには真実を知る資格があると思うわ」

12

一週間後の夕方、ショーンからグレースに電話がかかってきた。

最後に会ってから、五週間が過ぎていた。ジャック・コナリーから融資の話を取りつけたあとすぐ、彼はロンドンに戻っていった。

この五週間、グレースは時間を見つけては、ロスバーンにあるアパートメントをさがしてまわった。アニックなら簡単に見つかるのだが、両親のために少しでも近くにいたかった。

しかし、なかなか部屋は見つからなかった。すると両親は当面パブで暮らせばいいと言い、ショーンの事業で儲《もう》けが出たら、少し増築しようかとまで言いだした。

グレースはショーンの声なんて聞きたくなかった。欲しいのは、両親の出資分を返すという連絡だけだ。ジャックから融資してもらったとはいえ、パブを抵当に入れた借金の返済ができるとは思えなかった。

ジャックからはなんの連絡もなかったけれど、意外とは思わなかった。いくら海岸での出来事を思い出して私が体を震わせても、彼は妻の死をいまだに嘆いている男性なのだ。そんな人に本気になるほうが愚かだ。ジャックが私を気にかけているはずはない。思いやる気持ちがあるなら、ショーンとつき合っていると思っていながら私を誘惑するわけがないからだ。

できるなら、ショーンとの本当の関係をジャックに話したい。ショーンがいかに身勝手でうぬぼれの強い人で、私はすっかりだまされていたか洗いざらい告白できたらいいのに。

ショーンがビジネスと称して海外へ行くのは、コンピューターゲームのためでしかない。しかも最近ラスベガスへ旅行したとき、彼は一人ではなかったはずだ。

グレースがようやくショーンにだまされていたと気づいたのは、彼女の友人と彼がベッドにいるのを目のあたりにしたときだった。つまりショーンにとっては、私も利用価値のある人間の一人にすぎなかったのだ。

　その出来事をきっかけに、グレースはロンドンを去る決意をした。人の心を踏みにじる男性とは一緒に暮らせない。ショーンはもちろん反対したが、許してもらえないとわかると、自分が破産したことを彼女の両親に告げると脅した。

　そう言われて、グレースは青くなった。やり方は軽蔑していたものの、ショーンのビジネスは順調に進んでいるのではないかと心のどこかでは信じていた。彼女のお金ばかりでなく、両親のお金も遣いきってしまったと知って、開いた口がふさがらなかった。

　母がようやく小康状態になったのに、ショーンの破産を告げられるわけがない。

　だから、ショーンの事業はいつから黒字になるのかと父にきかれたときも、グレースは〝知らない〟と答えるしかなかった。

　けれど、何度夜どおし泣き明かしても、すべてを自分の胸にしまいこんだほうが賢明だ、という彼女の考えは変わらなかった。

　家では携帯電話の電源を切っているので、ショーンの電話はパブにかかってきていた。

「ショーンから電話だぞ」娘とは対照的に、父はうれしそうだった。「おまえの携帯電話がつながらないと言うので、二階に置きっ放しで聞こえなかったのだろうと言っておいた。早く出て、いつ会いに来るのかきいてごらん」

五週間で、ショーンはジャックのお金を遣ってしまったのだろう。そして、また一文無しになった？　だから連絡してきた？　私の人生からショーンを締め出せたら、どんなにいいか。「なんの用なのかしら？」

「私はなにも聞いていない。彼が話したいのは私ではなく、おまえなんだから」

「話したくないわ」グレースがつぶやくと、父がその言葉を聞いて言った。

「心にもないことを。それにウェブサイトについて、いい知らせがあるかもしれんぞ」

父は彼を全面的に信用しているらしい。

「ショーンに冷たくなったのは、まさかあのコナリーとかいう男のせいじゃないだろうな？　あいつはおまえのことなどなんとも思っていないぞ、グレース。ああいう男はこんなところに長くはいないはずだ。我々を恐ろしく田舎くさいと思っているんだから」

「いいかげんにして！」ジャックの目には自分が魅力的に映っていないと言われたようで、グレースは傷ついた。ジャックとすでに深い関係になってしまったと告げたら、父はなんと言うだろう？

海岸でのことは私がショーンとの関係からなにも学ばなかった証《あかし》なのかもしれないけ

れど、娘をショーンの腕の中へ押しやる父と母をとめる役には立つ気がする。

「わかるだろう?」あからさまに言いすぎたと思ったのか、父が言った。「私はおまえに傷ついてほしくないだけなんだ」

「ショーンなら私を傷つけないと思っているの? ショーンのせいでもう傷ついているとしたら? そうだったら、どうする?」

「ちょっとしたいさかいだろう?」客から合図を送られ、父は少しばかりほっとした表情を浮かべて頭上の棚からグラスを取った。

「とにかく、行って話しておいで。今さらいないとは言えないから」

グレースはしぶしぶ電話に向かった。

「もしもし? 君なのか、ベイビー?」

「なんの用なの、ショーン? もう話すことなんかないはずよ」

「そんなふうに言うなよ、グレース」ショーンはさも傷ついたような声で言った。「なあ、スイートハート。ほんの少しでも、僕を恋しいと思わなかったのか?」

「そうね……まったく」グレースはだまされなかった。「用件を早く言って。元気かときくために、かけてきたのではないはずよ」

「まあ、そうだな」ショーンは一瞬黙りこんでから、慎重に切り出した。「ジャックの公認会計士がうるさいんだ。なぜ契約書を送ってこないのかと」

グレースはため息をついた。「それくらい予測していたはずよ。ジャック・コナリーが、父みたいに簡単にだまされるわけないでしょう」

「おいおい、グレース。僕ががんばっているのは君のためでもあるんだぞ。それと——」

「やめて！」

「それと、君の両親のためだ。助けてくれないか、ベイビー。君だけが頼りなんだよ」

その言葉は脅しだろうか？　不安のあまり、彼女は背筋に震えが走った。「無理だわ、ショーン。お金なんかないもの。それに、父に別の抵当を頼んでほしくても——」

「いや、違う。君の両親にもう金がないのはわかっている」ショーンは息を吸った。「ジャックに会ってきてほしいんだ。僕は全力でがんばっているが、成果が出るまでにはもう少し時間が必要だと伝えてほしい」

「私にはできないわ」再びジャックに会うもっともな理由が見つかったと思うと、肋骨《ろっこつ》にぶつかる音が聞こえるほどグレースの心臓は激しく打った。

「いや、できるとも」ショーンは相変わらず執拗《しつよう》だった。「あいつは君を気に入っているんだ、ベイビー。僕にはわかる。君だけがあいつをいい気分にさせておけるんだよ」

「いい気分にさせておける、ですって？」グレースは恐ろしくなった。いったいショーンはなにを期待しているの？

「あいつは君を魅力的だと思っているんだ。僕が言いたいことはわかるだろう、グレース？　なにも、ジャックと寝てほしいと頼んでいるわけじゃない。ただ、彼によくしてやってほしいんだ」ショーンは甘く誘うように言った。だが、グレースが黙っていると、態度が変わった。「それとも、僕が裁判所に引っぱり出されたほうがいいのか？」

「裁判所？」彼女はどきりとした。

「ジャックが強硬手段に出るとは思わないが、彼の会計士はふた言目には法律、法律とうるさいんだ」ショーンは鼻を鳴らした。「僕とジャックはそんなものに縛られない関係だと思っていたのに」

グレースはため息をついた。これ以上かかわりたくはないけれど、ショーンが法廷に引っぱり出されるのも困る。そんなことになったら、両親にすべてを知られてしまう。

少し考えて、彼女はきいた。「契約書を作ったらどうなの？　事務弁護士をしている友人がいると言っていたわよね？」

「どれくらいの費用がかかるか、知っているのか？」ショーンは怒った口調になった。

「わかった。君が助けてくれないのなら、別の方法を考える。だが、ウェブサイトを救済するチャンスがありながら、君が拒んだと知ったら、ご両親は喜ばないだろうな」

「ショーン――」

電話はすでに切れていた。グレースはかすかに震える手で受話器を置いた。

しばらくその場に立ちつくし、落ち着きを取り戻そうとした。単なる脅し文句とわかってはいても、思いどおりにならなければショーンはなにをしでかすかわからない。

彼女はうめき声をあげた。ショーンをロスバーンに連れてこなければ、父を巻きこまずにすんだのに。そして、ジャックが住んでいるとも知られなかった。みんな私が悪いのだ。そのせいで父に借金をさせ、ジャックに迷惑をかけてしまった。

ビジネスのために、愛していたはずの女性まで利用して相手を懐柔しようとするなんて。そんな人だから、私と使っていたベッドにも平気でほかの女性を連れこめたのだろう。

グレースは階段を駆けあがって寝室に向かった。ドアを閉めて鏡の前の椅子に座り、そこに映った自分を見つめる。

見つめ返す目は涙にぬれ、黒いまつげが頬に影を落としている。じれったそうに頬をこすり、グレースは携帯電話をさがした。そして、気が変わらないうちにショーンの電話番号を押した。ジャックに会いに行こう。どんなにつらくてもほかの方法は思い浮かばない。

電話に出たのは女性だった。「もしもし、ショーン・ネスビットの電話ですが、どなたかしら？」

「わかっているくせに」グレースはとげとげしい声で返した。ナタリー・ウエストだ。私の友人のふりをして、ショーンと関係を持った女。二度と裏切らないと誓ったのに、ショーンはまだ彼女とつき合っていたのだ。

電話の向こうでぼそぼそと声がしたあと、ショーンの声が聞こえた。「申し訳ない。友人で集まっていて、そのうちの一人が出たんだ」

「ナタリーね」グレースは低い声で言った。

「彼女も私だとわかったはずよ。こんな電話、かけなければよかった。あなたって人は変わらないんだわ。この先も、決してね」

「グレース！」開き直った声だ。「僕を放っておいてほかの女性とデートしたことを責めるなんて、お門違いだぞ」

グレースは息を吐いた。そうね、彼の言うとおりだわ。私に彼を責める資格はない。

「忘れて。ジャックに会ったら話してみる、と言おうと思っただけよ。でも、なにも約束はできないから」彼女は電話を切った。ショーンからのお礼の言葉なんて、いちばん聞きたくない。

なぜ連絡してしまったの？ どうしてジャックと話してもいいなんて言ったのかしら？ 放っておいたら、ショーンがなにかしでかすかもしれないと怖かったから？ あるいは、ジャックなんとも思っていないと証明したかったから？

我に返ったグレースは、引き出しから黒いスポーツブラとスウェットパンツを取り出した。走りに行こう。狭苦しい空間を飛び出して、思いきり空気を吸いたい。髪をポニーテールにまとめ、キャンバス地のスニーカーをはいて、グレースは部屋を出ていった。

船尾のロープを係船所に結びつけていたジャックが顔を上げたとき、全身黒ずくめの華《きゃ》奢《しゃ》な姿が埠頭《ふとう》に沿って走ってくるのが見えた。

グレースだ。

どこにいても、ひと目で彼女だとわかる。

ランニングが好きだとは知らなかった。だが、僕がグレースのなにを知っているというのか？ わかっているのは、彼女が温かく感じやすいことと、触れても香りをかいでも味わってもおいしいことだけだ。こんなに離れていても、見つめているだけで体がたちまち硬くなってくる。

そして、一緒にいたときは……。

ちくしょう！

即座に反応してしまう自分がいまいましい。先がぴんととがった豊かで丸い胸や、きれいな曲線を描く太腿の先にあるヒップの感触を、ジャックの手ははっきりと覚えていた。

しかし、グレースが独特な魅力を持つと感じられる理由はそれだけではなかった。

リサにも独特な魅力があるとは思っていたが、その幻想はデブラによって壊された。義妹の暴露には悪意が感じられたものの、その言葉でジャックの心に疑惑が芽生えたのも事実だった。

母に電話をかけたところ、〝デブラの言うことなど真に受けるな〟と言われたが、そこには言葉とは裏腹なものがはっきりと感じられた。リサを愛する気持ちがすでに消えていてよかった。僕がキルフェニーを離れたいと言ったとき、両親があまり反対しなかったのはそのせいなのか？　あの土地に住んでいれば、よけいなことを言う人間にでくわさないとも限らない。

デブラがアイルランドに戻ってから、リサは一度も姿を現していない。そのこと自体が真実を語っているのだと、ジャックは気づいた。リサがつきまとっていたのは、僕が真実を見つけ出すのを待っていたからなのか？

今はもうそんなこともどうでもいいが。

桟橋へと続く鉄の階段をのぼったジャックは、理性が頭をもたげる前に叫んだ。「グレース！」

彼の声にグレースはいったん立ちどまったが、くるりと向きを変え、来た道を戻りはじめた。

訳がわからないまま桟橋に上がり、ジャッ

クは彼女のあとを追った。長い脚なので、あっという間に距離は縮まった。

「おい」グレースの腕をつかんだジャックは、一瞬でもつながったのをひどく意識するあまり、彼女が立ちどまるとさっと手を離した。

「僕は君に挨拶さえできないのか？」

グレースは引きつるように息を吸った。

体に貼りつくようなネイビーのTシャツと丈の短い黒のバギーパンツ姿なんて、普通なら野暮ったく見えてもいいのに、ジャックは信じられないほどすてきだ。そのせいで、彼女は下腹部の奥が緊張するのを感じた。

「なぜ逃げるんだ？」

スポーツブラではあまり上下する胸をごまかせないと思いながら、グレースは首を振った。胸の先が硬く張りつめ、いやでも生地にこすれる。「気づいてないかもしれないけれど、私はランニングの最中なの。立ちどまっておしゃべりなんかしていたら、体が冷えてしまうわ」

「それなら、僕のヨットを見ていかないか？」誘ったとたん、ジャックは後悔した。僕はどうかしてしまったのだろうか？　オスプレー号に彼女を招き入れたりしたら、自分の行動に責任が持てないだろう。

「やめておくわ」

グレースに断られたのだから、立ち去るべきなのはわかっていた。カルワース以来、彼女と会ったのは初めてで、なにはともあれ礼儀正しくふるまいたかった。

「怖いのか？」なのに、ジャックの口から出てきた言葉はまるで違っていた。どうやら、僕の脳は口も制御できなくなっているらしい。

「まさか」グレースは顔を上げた。「あなたをわずらわせたくないだけよ」

「わずらわされてなどいない。君がヨットを見たいかもしれないと思っただけだ」

正直に言うなら、グレースだって興味はあった。けれど怖いかときかれれば、怖くないとは言いきれない。「やっぱり、このままランニングを続けたほうがいい気がするわ」

「なぜ？」ジャックは引かない。「あの日、君は僕を責めないと言ったが、やはり弱みにつけこまれたと恨んでいるんじゃないのか？　僕にそんなつもりはなかった。君が欲しかったのは、純粋に美しい女性だったからだ」

グレースは口を固く閉じた。「今までに何人もの女性に同じことを言ったんでしょうね」重い雰囲気にするまいと思って言ったのに、ジャックは顔をしかめただけだった。

「君が考えているほど多くはない」彼は悲しそうに肩をすくめた。「グレース、僕と友人になれないか？　ショーンのことを話してもいい。君の恋人はどうしている？　彼は僕の金をどんなふうに遣っているんだ？」

俗っぽい話だが、それくらいしか思いつか

なかった。自制心を最大限に働かせ、ジャックは友好的にふるまった。ショーンに関して僕が言いたいことに、グレースは気づくだろうか？　思い切って打ち明けてみようか？

いや、だめだ、それはしないと決めた。

「はっきりしたことは聞いていないわ」実際には、なにも聞いていない。「でも、きっとうまく遣っていると思う……ウェブサイトを立ちあげるために」

「ああ、そうだろうな」

再び、ジャックは自分の知っている真実を告白したくなった。だが、彼が融資した額の半分は、グレースも知らない負債の返済にあてられているなどと、どうしたら言えるだろう？　ショーンが楽しむための、事業とはなんの関係もないと思われる借金――たとえば彼女以外の女性と泊まったホテルの未払い金に消えているのに。

「ショーンと話したの？」もし二人が直接話していれば、グレースも少しは肩の荷が下りただろう。けれどジャックがずっとヨットにいたのなら、話なんてできるはずもない。ジャックとショーンがこまめに連絡を取り合っているとも思えなかった。

「彼からはなんの連絡もない。僕の言ったことは忘れて、ランニングを楽しんでくれ」ジャックは背を向けて桟橋に向かった。「帰る前に、あといくつか片づけなければならない用事があるんでね」

グレースは唇を噛《か》んだ。ショーンに頼まれたことが頭から消えない。契約書の発送が遅れている理由を、彼はグレースにうまく言い繕ってもらいたがっていた。そして、ジャックをいい気分にさせておくことも！

苦々しさで喉がつまりそうだったものの、気がつくとグレースは言っていた。「あなたのヨットを見せてもらいたいわ。一度断ったけれどかまわないかしら？　気が変わるのは、女性の特権だものね」

ジャックはこぶしを握りしめた。もともと誘ったのは自分なのだ。「もちろんだ」グレースの気が急に変わったのは不思議だったが、彼はそう答えた。

「よかった」

本当に寒さを感じているかのように、グレースは両腕を自分の体に巻きつけた。

自分が彼女を温めるさまが頭に浮かび、ジャックの顔がこわばった。

理性を失ってはいけない。グレースが心変わりした理由は、ショーンに融通した金となんらかの関係があるはずだ。彼女が僕の言葉に従おうとする裏には、無邪気さとはほど遠いなにかがあるに決まっている。

でも、それがなんだっていうんだ？　僕はグレースと一緒に過ごしたい。もう一度そうできるなら、チャンスを逃す手はない。

ジャックは鉄のはしごを身ぶりで示した。

「あれを下りられるか？　それとも、遠まわりして階段を使うか？」

「はしごで大丈夫だと思うわ」

　グレースが足をすべらせた場合を考えて、ジャックは先に下りた。だが、グレースは足をすべらせず、ジャックが彼女に触れることはなかった。はしごを下りきると、グレースの体はずいぶん温かくなっていた。

「こっちだ」ジャックは先に立って歩きだした。グレースは豪華なクルーザーを想像していたけれど、オスプレー号は帆船だった。全長十二メートルほどの木製の船は、ぴかぴかに磨きあげられ、シルバーにぬられている。

「まあ！」グレースは船の美しさに驚き、口に手をあてた。輝きを放つデッキと二本の帆柱、クロムのレールも優雅だった。

「気に入ったか？」ジャックの口調は先ほどとはまったく違っていた。

「すてき。想像していたのとは全然違うのね」

　ジャックの口元がゆがんだ。「君がどんなものを想像していたかは聞かないでおくよ」そうつぶやくと、デッキに飛びおりた。「手を貸して」

　なにも考えずにその手を取ったとたん、グレースは腕に強烈な電流が走った気がした。ジャックも同じ衝撃を受けているようだ。足がデッキにつくと同時に、彼女はすばやく手を引っこめた。

次の瞬間、ジャックがなにか言いかけた。彼の目の色は暗く陰っていて、すでに鼓動が激しくなっていたグレースの心臓は今にも口から飛び出しそうになった。

そのとき、ほかの船が波止場に入ってきて、オスプレー号が激しく上下に揺れた。グレースはバランスを失い、気がつくと脚を広げてデッキに座りこんでいた。

突然のレディらしからぬ格好に、彼女はくすくすと笑いだした。怪我《けが》をしたのではないかと心配していたジャックも、安堵《あんど》のあまりにっこりした。

「船の上でバランスを取って歩く方法がわからないみたいだな」彼はおかしそうに言って、立ちあがるグレースに手を差し出した。「なんとかしなければ」

またジャックに触れるのは気が進まなかったけれど、無視するのはつむじ曲がりに思えた。たくましくひんやりとした彼の指が手を包むと、先ほどと同じ衝撃がグレースの腕を這《は》いあがってきた。

「ありがとう」手を離して、彼女は言った。

「船の中を案内してもらえる？」

13

キスはなしだ。ジャックは深く息を吸い、自分にそう言い聞かせた。だが、そんなことを唱えたところで意味があるとは思えない。

大型ヨットに乗るグレースの手を取った瞬間から、彼は自身と闘っていた。彼女が欲しくてならない。究極の誘惑だとわかっていながら、自分で自分を追いこんでしまうとは。

それでも、オスプレー号は祖母の遺産で購入した自慢の大型ヨットだった。

ジャックは両手を広げて船全体を示した。

「これが僕の第二の我が家だ。どう思う？」

「思ったほど大きくはないわね」

「僕にはこの程度でじゅうぶんだ。メインキャビンと主寝室、客用寝室、そしてもちろん調理室《ギャレー》がある。もっとも、料理はめったにしないが」

にっこりしたグレースは、とても魅力的だった。「普段はするの？」彼女はからかうようにきいた。

「僕の作るオムレツはなかなかのものなんだ。たまに作るボロネーゼソースも、評判は悪くない」

グレースはちらりとジャックを見た。「す

ごいわね」

「初めてのほめ言葉だな」彼がつぶやくと、グレースは皮肉っぽい表情を浮かべた。

「私って、別に気むずかしい人間ではないのよ」渦を巻くように風が吹き、両腕で自分の体を包みこむ。「中も見せてもらえる？」

「もちろん」

彼女をメインキャビンに連れていけば、ますます自分を危険な状況に追いこむのはわかっていたが、今さらなんだというんだ？　とめていたことにも気づかなかった息を吐き出すと、ジャックは下へ通じる階段を示した。「こっちだ」血が一気に下腹部へと流れこむのがわかる。「足元に気をつけて」

ジャックは階段を下り、壁にある間接照明のスイッチを入れた。

あとをついてきたグレースは、感嘆のあまり息をのんだ。リンディスファーン・ハウスもすてきだったけれど、ヨットの中も負けないほどすばらしい。

階段の下には大きなドアがあり、その先がメインキャビンになっていた。壁に沿って並ぶ長椅子は座り心地がよさそうで、さまざまな明るい色のクッションが置かれている。漂白オーク材の木工品がソファとよく合い、床には毛足の長いベージュ色のカーペットが敷かれている。

「さあ、入って」

汚れのついた作業用の服装なのに、ジャックは大型ヨットの雰囲気にしっかりととけこんでいた。無精ひげさえ魅力をますます引きたてる要素になっている。狭い空間なので、彼の体温や男らしい香りも感じられた。

ジャック以外のものに気持ちを集中させてグレースが中に入っていくと、奥はギャレーになっていた。二つの空間はカウンターテーブルで分けられ、テーブルには脚がクロム製のスツールがさりげなく並んでいる。「すてきだわ！」

「使いやすさを第一に考えたんだ」ジャックは謙虚に答えたが、グレースの反応にうれしそうな顔をした。「君は船が好きなのか？」

「昔は好きだったわ」彼女は顔をしかめた。「でも、幼いころに父と釣りに出かけて、船に乗っている間ほとんど吐いていたせいで、昔に比べればそれほどでもないかしら」

「なるほどね」ジャックはちらりとギャレーに目を向けた。「なにか飲まないか？」

彼はカウンターテーブルの向こうにまわり、身をかがめて冷蔵庫を開けた。すると彼のTシャツとバギーパンツの隙間から、なめらかな褐色の肌が訴えかけるようにグレースの視界に飛びこんできた。

「オレンジジュースとコーラと」ジャックが体を起こして言う。「ビールがあるな」

ショーンを助けるためにヨットにいるのに、

私はまだなにもしていない。「ええと……なにもいらないわ。ありがとう」

本当は、きちんとものをのみこめそうにないほど喉は渇いていた。さっさと用件をすませて、立ち去らなければ。

「実はここへ来る前に、ショーンから電話があったの」

「そうなのか？」ジャックは音をたてて冷蔵庫のドアを閉めた。ヨットを見ないかと、僕が誘う前に言ってくれればよかったのに。ここでショーンの話はしたくない。「それで、僕に会いに来ようと思ったのか？」

「いいえ」でも、会えればいいと思ったのは事実だ。「正確には……違うわ」グレースは気まずそうに体を動かした。「あなたの会計士から、契約書を催促する連絡があったらしいの。ウェブサイトを立ちあげるのに予想以上に時間がかかっているのにって、ショーンは悩んでいたわ」

ジャックはいらだちをのみこんだ。ショーンのことでグレースを責めるつもりはない。それでも、彼女がショーンの二枚舌に気づいていないと思うとひどく腹だたしかった。

グレースの恋人が本当はどんな男なのか、ジャックは話して聞かせたかった。彼女がひたっている幻想をぶち壊したかった。だが、その動機が公平無私だとは言いきれない以上、一歩を踏み出せずにいた。

顔をしかめて、ジャックはまた背を向けた。

彼女は僕になんと言ってほしいのだろう？　会計士など気にするな？　ショーンは心配などしなくていい？　そして、僕がそう言ってしまいそうなのは、後ろめたい動機があるからなのか？

「君がショーンを気にかける必要はないと思う。次はいつごろこちらへ来るとか、彼は言っていなかったか？」

「いいえ……なにも。彼に話でも？」

「いや、特には」二人の間に健全な距離を保ったまま、ジャックは言った。「座ったらどうだ？」

グレースは唇を湿らせた。その仕草がどれほど刺激的なのか、彼女はわかっているのだろうか？

「そろそろ失礼するわ」グレースはつぶやくように言った。「ランニングの途中だったから」

「わかった」ジャックはメインキャビンを横切ってドアに向かおうとした。彼女が帰りたいと言うのなら、引きとめるつもりはない。理性で考えれば、いてほしいと望まないほうがいいのだ。

目が合うと、グレースもジャックと同じくらい落ち着かない気分なのか、唇を開いて舌をのぞかせた。

まるで誘惑が人格化したような姿だが、二

人きりになる状況を招いたのは僕のせいだ。

「ちくしょう、グレース」ジャックが手を伸ばすと、彼女はよろめくように彼の腕に包まれた。「こんなことをするつもりはなかった。だから、君を誘ったわけじゃない」

だが、グレースの従順な唇がジャックの唇のすぐそばにあるせいで、彼の下腹部がこわばり、胸の奥でうなり声があがった。ああ、このままでは正気を失ってしまいそうだ。

グレースの口の中という湿った洞窟を、舌で探索したくてならない。舌と舌がからみ合い、欲望で燃えあがった彼女の体が押しつけられると考えただけで、全身が震える。

先ほどは寒がっていたのに、今のグレースは燃えるように熱い。ジャックは今すぐ彼女をやわらかいカーペットに横たえ、身につけている薄い衣類をはぎ取りたくなった。

しかし、かすかに残っていた理性が、二度とグレースにはかかわるなと訴えてくる。

帰したくないが、帰さなければいけない。欲望がどんなに抗議の声をあげようと、今働かせなければならないのは体ではなく頭だ。ジャックは、バギーパンツを押しあげている体にグレースが気づかないようにと必死に願った。

グレースもジャックにキスをしてほしくてならなかった。正直に言うなら、それ以上のことをしてほしかった。けれど、身を引いて鋭い目を向けた動作から、ジャックの気が変わったのがわかった。

「冷静になったほうがよさそうだ」彼はかすれた声で言った。「君が欲しくてたまらないが、僕は救いようのない愚か者じゃない」

「ジャック……」

「帰るんだろう？」彼はグレースが通れるように道をあけた。「ランニングを続けたいのなら、早くしないと暗くなる。遅い時間に外にいるのは、感心しないな」

「心配してくれるの？」

「もちろんだ」ジャックはつぶやき、先に立ってドアへと向かった。「さあ」

「ヨットを見せてくれて、ありがとう」

「どういたしまして」

だが、先に通路へ出たグレースは、階段を上がらずに反対側のドアを見つめている。

「ええと……その、こっちはバスルーム？　つまり……トイレなの？」

「トイレに行きたいのか？」

グレースの顔が赤くなった。「手がべとべとしているから、洗わせてほしいの」

「理由まで言わなくてもいい」

そのドアを開けると、先ほどよりも広い空間が広がっていた。ゆったりとしたベッドにブロンズ色のシルクのベッドカバーがかかっているさまは、とても誘惑的だ。

「トイレはその先だよ」ジャックは奥のドア

を指して言った。「どうぞごゆっくり」

グレースがバスルームのドアを閉めると、ジャックは一人で先にデッキへとのぼっていった。そして、ヨットがきちんと固定されているかを点検しながらグレースを待った。しかし、たっぷり五分が過ぎても彼女が上がってくる気配はなく、ジャックは階段の上から中をのぞきこんだ。

そのとき、かすかな悲鳴が聞こえたような気がした。

ジャックはすばやく階段を下りた。キッチンがあるほうの空間をのぞいたが、誰もいない。一瞬ためらってから、彼は主寝室へと向かった。

「ジャック！」グレースの声が聞こえた。今度ははっきりしている。彼女はまだトイレにいるらしい。

「どうした？」彼はバスルームのドアの前に立った。「大丈夫なのか？」

「大丈夫だったら、叫んだりしないわ」グレースは明らかにむっとしていた。「ドアが開かないの」

ジャックは笑いを噛《か》み殺した。「鍵を持ちあげてみたか？」

「鍵って、どれ？」グレースは困惑した声できいた。「私、鍵なんかかけなかったわ」

「ああ、だが、かかってしまったんだろう。小さくて丸いかんぬきがあるだろう？ それを持ちあげてドアを横にすべらせれば――」

言いおわらないうちにドアが開き、顔を真っ赤にしたグレースが現れた。そのとたん、ジャックは我慢できずに笑いだした。

グレースは笑わなかった。傷つき怒った目でジャックをにらんでトイレから出ると、彼を押しのけて通り過ぎようとした。

「おい……悪かったよ。だが、ここに人が閉じこめられたのは初めてだったんだ」

「それがおかしかったと言いたいのね？」行く手をふさぐ彼にいらいらして、グレースは叫んだ。「人の不幸をおもしろがるのがどんなに子供じみたまねか、あなたに教えてくれる人はいなかったのかしら？」

ジャックはため息をついた。「わかった、わかったよ。僕は少しばかり考えが足りなかったかもしれない――」

「少しばかり？」

「ひどく足りなかった」グレースの傷ついた顔を見ているうちに、今まで感じたことのない感情がジャックの中にわきあがってきた。

「悪かったよ、スイートハート――」

「私はあなたのスイートハートじゃないわ」グレースは両手で彼の胸を押そうとした。

しかし、ジャックは彼女の手をつかむと、片方ずつ自分の唇に近づけた。「君を怒らせるつもりはなかったんだ」彼の息は温かく、かすかにコーヒーの匂いがした。「頼むよ、グレース。ちょっとからかっただけなんだ」

　彼女の目はまだ怒っている。だが、もはや無理に出ていこうとは思っていないようだ。

「よかった」ジャックはかすれた声で言い、腹をたてた姿も美しいグレースを引き寄せた。

「ジャック！」彼女が口にした名前は、押しつけられた彼の唇の中へと消えていった。

　意思とは関係なしに、グレースの唇が開く。ジャックの唇は温かく官能的で、キスは激しく迷いがなかった。抵抗するという考えは麻《ま》痺《ひ》し、彼女はあっという間に体に火がつくのを感じた。

　ジャックの舌がグレースの口の中に押し入ってきた。強烈で親密な探索に、彼女は脚が震えて立っているのがやっとだった。

　欲望で全身が焼きつくされそうで、グレースは震える手をジャックのＴシャツとバギーパンツの間にすべらせた。わずかに湿ったなめらかな肌の感触が、彼女の手に広がっていく。そのままバギーパンツの中に手を入れてヒップを包みこんだら、ジャックはどう反応するだろう？

　そのとき、ジャックが彼女の太腿の後ろをつかんで持ちあげ、体を強く押しつけてきたので、グレースはもどかしそうに脚を開いた。

　ジャックをもっと近くに感じたい。

　彼が欲しくて、グレースは罪の意識を覚えるのさえ忘れていた。人生であのときほど

――カルワースの海岸で過ごした日ほど、生きていると感じたことはなかった。

もうショーンのためにヨットへ来たと、自分を偽るのはやめよう。

ジャックに会うのが私の望みだったのだ。そして、もう一度彼と一つになりたかった。

爪をジャックのヒップに食いこませ、押しつけるように体をそらして、グレースは自分の思いを伝えた。無精ひげが頬をこすると、その感覚にうっとりし、官能の虜《とりこ》になった。

ジャックがスポーツブラを胸の上にずらし、片方のふくらみの先に唇を近づけた。そこに歯を立てられて、グレースの体は震えた。

「ジャック」脚の力が抜ける中、声をつまらせながら彼のバギーパンツに手をかける。

「ああ、ジャック……お願い！」

そのとき、ヨットが揺れた。誰かがデッキに乗りこんできたようだ。

グレースは凍りついたが、ジャックはあわてず、スポーツブラを元に戻した。「ここにいるんだ」小声で言ってから、彼女を残して大股にキャビンを出ていった。

その自制心をうらやましく思いながら、グレースはバスルームの鏡で身なりをチェックした。パブを出るときはきちんとポニーテールにしてあった髪は乱れ、唇は腫れあがり、リップグロスは落ちている。

でも、走っていたら髪だって乱れる。この

姿を見られても、妙な目を向けられはしないはずだ……。

　なにばかなことを言っているの？　いかにも、ベッドから出たばかりの姿なのに。

　なにも気づかれませんようにと祈りながら、グレースはキャビンの外へと向かった。

　それにしても、許可なく船に乗りこんできたのは誰？

　父の声が聞こえ、彼女は再び凍りついた。

「ミスター・コナリー」

「どうかしましたか？」

　お互いの出方をうかがうような沈黙があった。「ええと……娘を見なかったかな？」

「グレースのことですか？」

「そう、グレースだ。君が少し前、娘と話している姿を見たと聞いたんでね」

「ああ、なるほど……」

　ジャックに嘘《うそ》をつかせるわけにはいかない。グレースは一段飛ばしで階段を上がった。

「私はここよ、パパ」ジャックより先に言う。「どうかしたの？」

　トム・スペンサーはグレースを見て、次にジャックに視線を移し、再び娘を見た。「おまえの姿が見えなくて、母さんが心配している。今何時だか、わかっているのか？」

　グレースはこっそりと腕時計を見た。思ったよりもずっと時間がたっていた。「九時半よ。でも、夜間外出禁止令が出ているとは知らなかったわ」

「グレース！ 若い女性が一人で外出するような時間じゃないぞ。特に、体の半分を露出するような格好では」

「ランニングをしていたのよ、パパ」

「そうなのか？」トム・スペンサーの視線がまたジャックに向けられた。「ミスター・コナリーにつかまって帰れなかったんじゃないか？ それとも二人で、おまえがここにはいないふりをするつもりだったのか？」

「ヨットを見てもらおうと、僕がグレースを誘ったんです。彼女は自分の意志でなにをするか決められる年齢だと思いましたが」

トム・スペンサーの表情が険しくなった。

「もちろん、そのとおりだ。ただ、君は本当にヨットを見せたいだけだったのか？」

「パパ！」グレースが苦々しい声で言った。

「グレースをヨットに招待したせいで、奥さんにご心配をかけたなら、謝ります。申し訳なかったとお伝えください」

トム・スペンサーは姿勢を正した。背は高いほうの彼でも、ジャックよりは十数センチ低い。「もちろん伝える。ところで、君を訪ねてきたもう一人の女性は、もう帰ったのか？」

今度はジャックが困惑する番だった。「もう一人の女性？ なんのことだか――」

「ジョージ・ルイスが空港から乗せた女性だ

よ」グレースの父はどこか得意そうだった。「君の家にしばらく滞在する予定だとか」

思わず悪態をつきそうになるのを、ジャックはけんめいに抑えつけた。

人生の中でも特別に……いや、いちばんすてきな夜になりそうだったところをぶち壊しにしたトム・スペンサーを、彼は殴ってやりたい気分だった。

「いいえ、彼女なら帰りました」

ジャックはグレースの視線をとらえようとしたが、彼女は目を合わせようとしなかった。

「デブラ・キャリック――あなたの言っている若い女性は、僕の義理の妹です」

「義理の妹？」

グレースはようやくジャックに視線を向けたが、またもや彼女の父が口をはさんだ。

「ミスター・コナリーが結婚していたのは知っているだろう、グレース？　ショーンから聞いているはずだ」

トム・スペンサーは娘の恋人の名前をわざと出したのだと、ジャックにはわかった。

「君を気にかけてくれる人がいてうれしいよ、ミスター・コナリー。彼女は、君の奥さんが痛ましい亡くなり方をした悲しみをともに背負ってくれる存在なんだろうな」

14

家に戻ったジャックは、最悪の気分だった。グレースの父親を殴ってやりたいという気持ちは、一向におさまらない。

あの男はまったくの愚か者だ。まるでグレースが赤ずきんで、僕が悪い狼《おおかみ》だとでも思っているかのようだった。ちくしょう、僕についてなにも知らないどころか、リサの裏切りも知らないくせに。

当然ながら、グレースは父親と一緒に帰っていった。事情は説明したが、彼女はデブラと僕の関係を今も疑っているかもしれない。さがしに来て大正解だったと言わんばかりの父親がいては、無理もないことだ。

しかも、グレースにはショーンという恋人がいる。その点でも、トム・スペンサーは僕に釘《くぎ》を刺しておきたかったのだろう。

今までほかの男とつき合っている女性を追いかけたことなどなかったせいで、ジャックはひどくみじめな気分だった。

グレースのそばにいると、僕は自分でも意外だと思う行動を取ってしまう。やさしさと欲望が奇妙にまじり合った、どうしても説明のつかないこの感情はなんなのだろう?

しかしグレースも僕と同じ結びつきを感じているのが、今夜ははっきりとわかった。その絆《きずな》を、トム・スペンサーはなんとか壊そうとしたのだろう。

それでも、現時点でできることはない。グレースの気持ちはさておき、僕とトム・スペンサーがお互いに反感を覚えているのは明らかだからだ。

愚かだったと、ジャックは反省した。冷静に対処すべきだった。今後、僕が〈ベイホース〉に足を踏み入れたら、トム・スペンサーにたたき出されるだろう。

週末になれば、トム・スペンサーお気に入りのショーンが現れるかもしれない。約束の契約書を持ってくるとは思えないが、もう一度グレースと話をするための口実にできないだろうか。

キッチンに入って明かりをつけると、リサがカウンターテーブルに座っていて、ジャックはぎょっとした。とても彼女と話す気分ではなかった。

「どうかしたの？ 楽しい気分を、誰かにだいなしにでもされた？」

「君は別としてか？ デブラからいろいろと聞かせてもらったよ。君が事故について話さなかったのも当然だな」

「言ったでしょう、デブラはあなたに恋をしているって。あなたを振り向かせるためなら、なんだって言うわ」

ジャックはコーヒーポットに水を入れていたが、振り向くと鋭い目で亡き妻を見た。「それじゃあ、あの話は嘘《うそ》なのか？　君に愛人がいたというのは」

リサはため息をついた。「私はあなたを愛していたわ、ジャック。忘れたの？　私たち、うまくやっていたじゃない？　他人の入りこむ隙間なんてあったかしら？」

ジャックは首を振って蛇口を閉め、コーヒーメーカーのスイッチを入れた。「質問に答えろよ」だが、本当はもうどうでもいいのに気づいて、気が滅入《めい》った。

「私、いい奥さんだったはずよ。家はいつも清潔にしていたし、食事は時間どおりに出していたし」

「ああ、ミセス・ライリーのおかげでね」ジャックは冷たく言った。「君が家事をしていた記憶など、ほとんどない」

「する必要がなかったのよ」リサはむっとしていた。「でも、だからといって、不貞を働いた証拠にはならないわ」手を伸ばして爪を見つめる。「それに、私のせいで落ちこんでいるのなら――」

「そうじゃない」

「本当に？」なんだかがっかりした声だ。

「原因は、ショーンと一緒にここへ来たあの女ね？」リサは鈴のような笑い声をあげた。

「まったく、なんて皮肉なのかしら！」

「どういう意味なんだ？」

しかし、はじめからいなかったかのように、リサの姿は暗闇に消えていた。

コーヒーを持ってキッチンから出たジャックは、静かな家の中にリサの笑い声が響いているような気がした。

土曜日の夜、グレースはパブで働いていた。気は進まなかったけれど、ウエイトレスのロージー・フィリップスはまたニューカッスルへ行ってしまったし、母はまだカウンターの中で働けるほど回復していなかった。

ジャックと会ってから一週間がたっていた。亡き妻が頭から離れない彼のことなど、きれいさっぱり忘れたほうが賢明なのはわかっている。ただ、そうするのは簡単ではなかった。

あのときの続きがどうしても頭に浮かんでしまう。もし父がじゃまをしなければ、あの美しい大型ヨットの中で、二人は間違いなくジャックのベッドに行き着いていたはずだ。それ以上先へ進まなかったことを、本来なら感謝するべきなのだろう。

でも、そんな気持ちにはなれなかった。

あれ以来、グレースと父との間には微妙な空気が流れていた。娘がなぜジャックのヨットにいたのか父はきかなかったし、彼女も進んで話そうとはしなかった。

事実、その理由がなんだったかさえ、今となってはよくわからない。なぜジャックの誘いに応じてしまったのだろう？　危険で無謀な行動だとは理解していた。それでもジャックといると、彼のこと以外を忘れてしまうのだ。

　仕事を終えたグレースは落ちこんだ気分のまま、服を脱ぎ捨ててシャワーの下に立った。いつになったら、私は元の穏やかな暮らしに戻れるのだろう？　次から次へと災難が降りかかってきて、永遠に終わらないように思えてならない。

　全身がほてっている気がして、グレースはできる限り湯の温度を下げた。胸に石鹸《せっけん》をぬっていると、自分の中で欲望がうずいているのに気づいた。

　情けなくて、ため息が出る。性懲りもなく、またジャックを欲しいと思っているなんて。ベッドに入ってもなかなか熟睡できず、やっとぐっすり眠れたときには明け方近くになっていた。その結果、目を覚ましたときには午前十一時を過ぎていた。

　グレースが体を起こしたとき、部屋のドアが開いて母スーザンが顔をのぞかせた。母がこんな時間に起きているのはめずらしかった。

「ようやく目を覚ましたわね」スーザンは娘の部屋に入ってきてドアを閉めた。「お客さんよ。ショーンが来ているわ」

「ショーンが?」

ジャックだったらよかったのに。一瞬そんな思いがグレースの胸をよぎった。

「そうよ」母は答え、身をかがめて娘が昨夜脱ぎ捨てた小さなショーツを拾った。「なぜこんなのを選ぶのかしら。ちっとも暖かくないでしょうに」

「暖かいから、はくわけじゃないわ」グレースは寝返りを打って、枕に顔をうずめた。

ショーンが階下にいて父と話していると思うと、不安がわきあがってくる。彼はなにをしに来たのだろう? 私がジャックと話したと思って、ようすをききに来たのだろうか? それとも、ナタリー・ウエストとはなんでもないのだと弁解しに来たとか?

「いずれにせよ、起きていい時間よ」母は脱ぎ捨てられていた服をバスルームのかごに入れた。「いつまでもベッドでぐずぐずしているなんて、あなたらしくないわ」

「よく眠れなかったの」グレースは腕で目をおおった。「ショーンはいつ来たの?」

「十五分ほど前かしら。あなたはすぐに下りてくるって、伝えるわね。きっと会いたくてならないはずよ」

「私はあまり会いたくないわ」かろうじて聞き取れるほどの声だったが、母は聞き逃さなかった。

「なぜ?」

「いろいろあったの、ママ」母を不安にさせたくない。「彼は、パパやママが考えているような人ではないから」

スーザン・スペンサーは顔をしかめた。

「そうね、ショーンが出資の話を持ちかけてきたとき、不安を感じなかったわけではないわ」彼女は口ごもった。「でも、お父さんがどんな人かはわかっているでしょう？　お父さんは、ショーンの事業がなんとかうまくいってほしいと願っているのよ。そのためなら、お金を出したってかまわないじゃない？」

グレースはうめいた。「ママ……」

「あまり待たせないようにね」厄介な話は聞きたくないとばかりに、母はドアに向かった。

「ショーンは今夜のうちにロンドンへ戻るみたい。疲れた顔をしていたけれど、きっといい知らせを持ってきたはずよ。毎月のローンの返済がなくなれば、パブの経営もかなり楽になるわよね？」

みんな私のせいだ、とグレースは思った。どうにかして、ジャックから借りたお金の一部だけでも父への返済にあててもらえないだろうか。「シャワーを浴びてすぐ行くわ」

母はにっこりした。「よかった。彼にそう言っておくわ」

「ついでに、〝両親を食い物にしたことを恨んでいる〟と言っておいて」今回は聞こえないように、グレースは苦々しい思いでつぶやいた。

十二時を過ぎたころ、グレースは階下へ下りていった。シャワーを浴びただけでなく、髪も洗い、時間をかけて乾かしていた。それから、プリーツのショートパンツにキャンディーピンクのホルターネックを着て、ウェッジソールのサンダルを合わせた。

ショーンは外の席で大ジョッキのビールをおいしそうに飲んでいた。連れはいないが、隣のテーブルにいる二人組の若い女性と楽しそうに話している。

彼女たちが笑い転げていることから、ショーンがお得意のうさんくさい魅力を駆使しているのがわかった。

グレースに気づくと、彼は立ちあがった。

「やあ、美人さん」その言葉に女性たちからさらなる笑い声がわきあがり、グレースは恥ずかしさのあまり死にたくなった。

彼女はしぶしぶ近づいていったが、ショーンが手を伸ばそうとすると、途中で立ちどまった。

ショーンはくじけもせずににっこりした。

「すてきだよ」まるで、彼にどう思われるかをグレースが気にしているような言い方だ。

「なにをしに来たの？　やっとお金を返してくれる気になったのかしら？」

ショーンは顔をしかめた。「そんなにつんけんするなよ」彼はちらりと背後に目を向けた。「まあ、座ってくれ。なにか飲もう」

「飲み物はいらないわ」無表情のまま、グレースがテーブルのそばのベンチに腰を下ろすと、ショーンは自分のためにビールのお代わりを注文した。「それで?」注文を取った若者が立ち去ったあと、彼女は話を続けた。「ここへ来たということは、ジャックと連絡を取ったのかしら?」

「取っていないさ」ショーンは彼女をにらみつけた。「この間は突然電話を切ったりして、どういうつもりだったんだ? あんな目にあわされるのも、携帯電話の電源を切っておかれるのも不愉快なんだが」

「それはお気の毒さま」彼が腹をたてようと、グレースはどうでもよかった。「ウェブサイトのほうはどうなの? それとも、そんなことはきかれないと思った?」

ショーンは肩をすぼめた。「うまくいっている」彼はつぶやいた。「着々と進んでいるよ」

「具体的にはどんな感じなの?」

彼はグレースをにらみつけた。「君に答える必要はない」

「そうかしら?」グレースは眉をつりあげた。「私の両親には、説明してもらう資格があると思わない? それからジャックにも。彼、あなたの言い分にむっとしていたわ」

ショーンの目つきが鋭くなった。「彼に会

いに行ったのか？」

グレースは一瞬口ごもった。「電話をもらった夜、ランニングをしていてばったり会ったの。ヨットで作業をしていた彼が、桟橋を走っている私に気づいたのよ」

「それは都合がいい」ショーンは期待に満ちた目をグレースに向けた。「それで、彼の船も見せてもらったんだろう？　どうだった？　大きくて高級なクルーザーだったか？」

「大きくはなかったわ」ショーンにあのヨットの話なんてしたくない。「それにモーターもついていないわ。ヨットだったの」

ショーンは落胆した。「あいつらしいな。ジャックはいつも少しばかり手間がかかるものを選ぶんだ。決して楽な道は選ばないと、リサはいつも言っていた」

「彼の奥さんを知っているの？」グレースは好奇心に駆られた。「初めて聞いたわ」

「ああ、もちろん知っている」運ばれてきた二杯目のビールを、ショーンはがぶがぶ飲んだ。「リサはいい女だった。彼女は……そう、彼女と僕はよく一緒に笑ったものさ」

なぜだかわからないが、ショーンの言葉には引っかかるものがある、とグレースは思った。リサについて話す彼の声には傲慢な響きがあった。まるで、ジャックが知らないことを自分は知っている、と言わんばかりだ。

「それで、ジャックと会ってどうしたんだ？

彼はなんて言っていた?」

「なんて言ってほしかったの?」

「僕が頼んだことを、ちゃんと話してくれたんだろう?」

「私は子供じゃないのよ、ショーン。でも、あなたの仕事について私とは話したくないような印象を受けたわ」

ショーンはうめき声をあげた。「それで、君は少しばかり……女を武器にして説得しようとはしなかったのか?」

「しなかったわ!」

嘘をついたせいでグレースの顔が赤くなったが、ショーンはまったく別の解釈をした。

「そうだよな」彼はつぶやいた。「君は冷たい女だから。ジャックのようになにもかもを持っている男でも、君をベッドに誘いこむのは至難の業に違いない」

グレースは唖然《あぜん》とし、そして傷ついた。

あなたって最低……そう言いたかった。私は冷たい女なんかじゃないし、ジャックはあらゆる意味であなたの二倍も男らしい、と訴えたかった。

けれどどんなに小さくても、ジャックに立ち向かえる武器をショーンに与えてはいけない。どんなに挑発されてもだ。グレースは感情を抑えて立ちあがった。「帰って、ショーン。父から借りたお金を返せるようになるまで、ここには来ないで」

「おい、僕はじいさんに金など借りていないぞ」ショーンは言い返した。「ウェブサイトに投資しようと決めたのは、トム自身だ。失敗に終わったとしても、僕のせいじゃない」

「冗談でしょう?」

「まさか。冗談なんかじゃない。国債や株に投資するのと同じだよ。うまくいかなかったからといって、僕に泣きつかれても困るな」

「人でなし!」

顔を怒りで真っ赤にして、グレースは席から立ちあがった。先ほどの女性たちから聞こえるところで侮辱されて腹をたてたらしく、ショーンも立ちあがる。

「ジャックからなにか聞いたな?」ショーンの顔に厳しい表情が浮かんだ。「金の流れをぺらぺらとしゃべったんだろう?」

「ジャックはお金のことなんか、なにも言わなかったわ」グレースはばかにしたように言った。「でも、私と同じくらいあなたという人がわかっていてお金を貸していたとしたら、驚きね」

「なにかしゃべったはずだ」ショーンはグレースの言葉など聞いていなかった。「あいつが僕の陰口をたたかないわけがない。リサが言っていたが――」

彼が急に黙りこんだせいで、その場を離れようとしていたグレースは動けなくなった。いったいなにを言おうとしたのだろう?

「あいつはわかっていない。派手に遣えるような金を手にしたことなど、僕には一度もなかったんだ」

グレースはうめき声をあげたくなった。ショーンが仕事を失ったとき、かわいそうだと思った自分が信じられなかった。彼が働いていない間、負債を肩代わりしたこともだ。公訴局でもらっていた給料は決して多くはなかったけれど、二人のために遣うのはうれしかった。当時はそのお金を、彼がまったく別の目的に注《つ》ぎこんでいたとは知らなかった。

私はなんて愚かだったのだろう。

そしてグレースは職を失った直後、ナタリーと一緒にいるショーンを見た。ある意味では、絶妙なタイミングだった。彼のもとから去る申し訳なさも感じずにすんだから、両親さえ巻きこんでいなければ二度と会うつもりはなかった。「ジャックに会いたいなら行けばいいわ」グレースはうんざりして言った。「そして、問題があると正直に言えばいい。力になってくれるかもしれないわ」

「そう思うか？　それなら、もちろん一緒に来てくれるだろう？」

「冗談でしょう！」

「いや、本気さ」ショーンはあざけるようにグレースを見た。「このままパブに入っていって、金は戻ってこないと父親に告げられたくないなら、せいぜい力を貸してくれよ」

15

ドアベルが鳴ったとき、ジャックは自分で家具を備えつけた書斎にいた。

グレースを頭から追い出したくて、コテージの改築に気持ちを集中させていた。キッチンと居間を分けている壁を壊して、部屋をひと続きにしよう。そうすれば明るくなるし、設計も斬新だ。

だが、ドアベルのせいで、その作業を中断しなければならなかった。

ふといやな考えが頭に浮かんだ。今日は日曜日だ。週末を利用して、ショーンがグレースに会いに来ているかもしれない。

ジャックの脈拍が心ならずも速まった。

二人で訪ねてきたのだろうか？　グレースには会いたいが、ショーンと一緒にいるところは見たくない。

来訪者がショーンでないよう願ったが、ドアを開けたとき、友人はすでに私道の中ほどまで戻りかけていた。

ドアの音に気づいたショーンの顔には、失望とあきらめが浮かんでいた。「やあ、ジャック。いつまでも出てこないから、留守なのかと思ったよ」

「そうか」ジャックもショーンに負けないくらい落胆していた。グレースがショーンと一緒にいるところは見たくないが、彼女の姿がないのも寂しかった。

「入ってもいいか？」

「もちろん。さあ」ジャックは後ろに身を引いてから、思わずきいた。「グレースは一緒じゃないのか？」

「ああ……そうなんだ」ショーンはどうでもいいとばかりに肩をすくめて、ジャックの前を通り過ぎた。「パブにいるよ。両親の手伝いがあるから」

居間に入ったショーンは、革のソファにどさりと腰を下ろし、ジャケットを脱いだ。

「ああ、気持ちがいい。ずいぶんと涼しいな。エアコンでもつけているのか？」

「いや、エアコンはない。壁が厚いおかげで、部屋の中が涼しいんだ」

「それに、冬は暖かいというわけか」ショーンは思慮深げにうなずいた。「古い建物にはいいところがたくさんある。最近の業者は異論を唱えるが、そういうやつの中にはなにも考えていない人間もいるからな」

ジャックは賛成とも反対ともつかないように頭を振った。「そうだな。だが、現代建築について話をしに来たわけじゃないだろう？」彼は両手をジーンズの後ろポケットに突っこんで体を揺らした。「ウェブサイトに関して、報告に来たんじゃないのか?」

ショーンの顔が赤くなった。「今話そうと思っていたところだよ。実は、ちょっとした問題が持ちあがっているんだ」

「どんな?」

ショーンはつらそうな顔をした。「君が僕を信用しないで、いつも目を光らせているのはわかっている。昔からそうだったからな」

ジャックが目をむいた。「自分が投資した対象に関心を示すのは、当然だと思うが。なんの見返りも期待せずに十万ポンドも渡すなど、ありえないだろう」

「君から金を受け取ったときに言ったはずだ。状況はこちらから知らせると」ショーンは恨みがましく言った。

「だが、君は知らせてこなかった」

「なんだって?」

「間違っていたら、訂正してくれ。僕たちが最後に話したのは六週間も前だ」

「ずっと忙しかったんだ。信じられないのなら、グレースにきいてくれ。忙しくて、あれ以来ロスバーンへ来られなかった。今回だって、今朝着いたばかりだ。君を避けていたと言われるのは心外だよ」

ジャックは顔をしかめた。「こちらへは毎週来ているのかと思った」

「グレースがそう言ったのか?」ショーンはうれしそうにきいた。「僕にかまってもらえないと認めたくなかったんだろう」

　ジャックの爪がてのひらに食いこんだ。

「彼女からはなにも聞いていない。君たちの関係など、僕とはなんの関係もないからね」

「そうだな。だが、いろいろ大変なんだよ、二つの仕事を同時に進めるのは。もう少し時間があれば、もっとうまくできるんだが」

　ジャックはますます警戒した。「君には六週間もあった」

「交代制の仕事もしているし、出資者から口うるさいチェックが入るんだぞ」ショーンは不機嫌につぶやいた。「そんな環境でいいアイデアを思いつくか？」

　ましてや、ラスベガスまで旅行していればな。ジャックはそう思って、苦々しい気分になった。ショーンの筋書きのどこに、グレースは現れるのだろう？

「いずれにせよ……」ショーンが顔を上げた。「謝罪を要求しているのなら、もう満足だろう？　僕はパートナーとして最高に信頼できる男ではなかった。そのことは認めるよ。これからはもっとうまくやっていくさ」

「なるほど。それなら教えてくれ。僕以外の出資者はいるのか？」

「君以外の？　なぜそんなことをきく？」

「当然の質問だ」ジャックは淡々と言った。「どれくらいの出資金で動いているのかを知りたいんだ」

「グレースがなにか言ったのか？」

「グレース？　彼女はなにも言ってないが」

ショーンの目つきが鋭くなった。「それなら……いいんだ。ほかの出資者などいない。今は、さらなる出資者を簡単に獲得できる状況ではないんだ」彼はちらりとジャックを見た。「ああ、ビールをもらえないか、ジャック？　今夜のうちにロンドンに帰るつもりなんだが、喉が渇いた」

「今夜は泊まらないのか？」

「泊まらない。月曜日は朝一番で取りかからなければいけない仕事があるんでね」

　つまり、初めてグレースが僕の家へ来たあと、彼女とショーンはベッドをともにする機会がなかったのか？　ジャックは思った。うれしくなる自分が情けない。

「君のような環境にいたら、僕ももっとウェブサイトの仕事に専念できるんだが」ショーンがぽつりと言う。「何度も言うが、億万長者の君がうらやましいよ」

　ジャックは友人からしばらく視線をはずさなかった。増資の申し出なのだろうか？　いくらなんでも、そんなはずはない。なにも聞かされていない状況でさらなる金を出してもらえると考えるなど、いくらショーンでもどうかしている。

「実は、君に頼みが……」

　その程度の頼みなら聞いてもかまわないと

思ったビールを取りに行こうとしたとき、ジャックはショーンに呼びとめられた。

金の無心か？　ジャックは身構えた。

だが、ショーンの言葉は思ってもいない内容だった。「この間の晩――つまり、グレースがランニングに出かけた晩、彼女に会ったそうだな」

「ああ、会った」

「彼女にヨットを見せたんだろう？　きっと楽しい時間を過ごしたんだろうな」

「ああ、彼女はいい人だから」しかしショーンの次の言葉に、ジャックは頭の中が真っ白になった。

「君がときどきグレースを誘っても、僕は気にしないよ。彼女、こちらでは親しい友人もほとんどいないようだし、君だって女友達とのつき合いはろくにないんだろう？」

「冗談だろう！」

ショーンは顎を突き出した。「なぜいけない？　そんなふうに僕を見るなよ、ジャック。ちょっと思いついただけだ」

「悪い思いつきだな」ジャックはかすれる声で言い、廊下に出ようとした。「ビールを取ってくる」

「おい、堅苦しく考えるなよ、ジャック」ショーンはソファから立ちあがって追いかけてくると、居間のドア枠に手をかけた。「グレースを気に入っているんだろう？　それに、似たようなことは前にもあったはずだ」

ジャックは無表情のままショーンを見つめた。「いったいなんの話だ？」隠された事実がある気がしてならない。

ショーンがキッチンまでついてこなかったのはありがたかった。こんな状況で、彼に対して礼儀正しくいられる自信はなかった。

ショーンは、自分の恋人を僕に差し出そうとしている。グレースとつき合ってもいいという許可を与えれば、僕がさらなる資金を提供するとでも思っているのか？

まったく、なんてやつだ！

ジャックは勢いよく冷蔵庫を開けた。自然と顔が険しくなる。今抱いている嫌悪感を投げつけずに、あの男と一緒にビールなど飲めるのか？　ショーンの提案は、ジャックの後ろめたさや自己嫌悪を超えていた。思い出しただけで気分が悪くなる。瓶ビールを取り出しながら、彼は次々とわきあがる感情をけんめいに抑えこんだ。

ショーンがここへなにを言いに来たのか、グレースは知っているのだろうか？

ジャックが居間に戻ったとき、ショーンは窓のそばに立っていた。「すばらしい眺めだ」彼は差し出されたビールを受け取って言った。「前にも言ったが、君は運がいいな、ジャック」

ジャックは顔をしかめた。「前とは僕の結

婚式のときだろう？　リサのような女性とめぐり合えて、運のいい男だと言われたな」

ショーンは肩をすくめた。「そうだった。それに、今でも君は運に恵まれている」彼は再びソファにどさりと座った。「否定できないだろう？」

「君だって同じじゃないか？」ジャックは向かい側にある椅子の肘掛けにヒップをのせた。「グレースがいるのだから」ショーンと調子を合わせるのに嫌気が差していた。

「グレース？」

「彼女は美しい人だ。愛しているんだろう？　だから、君も運のいい男だと言ったんだが」

「ああ、なるほど」ショーンは鼻を鳴らした。「なのに、君は彼女と寝たらどうだと、僕に提案した」ジャックの声がかすれた。「僕なら、冷たくて硬い金のために、愛する女性を差し出すようなまねは決してしない」

「君にはその必要がなかったからだよ」

かろうじて聞こえる程度の声だったが、ジャックは聞き逃さなかった。「なんて言った？」彼は立ちあがった。

「忘れてくれ。君に関心がないのはよくわかった。だが、無理もないな。僕だってときどき、冷たいと思うくらいなんだから」

「どういう意味だ？」ジャックがつめ寄ると、ショーンも立ちあがった。「なにが言いたい？　グレースのことじゃないんだな？　リサのことを言っているんだろう!」

「なんのことだかわからないんだが」

「わかっているはずだ。僕は最近、デブラと話した。彼女はとても興味深いことを教えてくれたよ」

「デブラだって?」ショーンはあざけった。「まさか、信じたわけじゃないだろうな? 彼女は何年も君に思いを寄せていた。気を引くためなら、なんだって言うさ」

「僕はそうは思わない」ジャックはショーンの目をじっと見つめた。「一度くらい真実を話したらどうだ? それとも、君にそう望むこと自体が無理なのか?」

ショーンは顔をしかめた。「一度も疑わなかった、とは言うなよ」

「疑わなかった? 疑うって、なにをだ?」

ジャックは爆発しそうな怒りをけんめいに抑えた。「リサと浮気をしていたのか?」

「気づいていなかったような口ぶりだな」ショーンはふてぶてしく言った。「ああ、彼女と寝たよ、ジャック。それも一度や二度じゃない。彼女は君にうんざりしていたんだ。君が話すのは仕事についてばかりで――」

ジャックはショーンの襟元をつかんで引きずりあげ、その顔をにらみつけた。「デブラもそんなことを言っていたが、僕は信じなかった。リサが死んだ夜はどうなんだ? 彼女と一緒にいたのか?」

ショーンは必死に呼吸をしようとした。

「もし……もしそうだったとしても」苦しそうに息を吐き出す。「だからなんだというんだ？　僕が事故を起こしたわけじゃないぞ」

「彼女はおまえを家に送っていったのか」とジャックは思った。リサがどこへ向かっていたのか、ジャックはようやく理解した。あの夜、外出の予定はないと彼女は言っていたのだ。

「まあ、そんなところだ。彼女は僕に夢中だったのさ、ジャック。血の気の多い男なら誰でもしていることを僕がしたからといって、非難される覚えはないね」

ジャックには非難する権利もあったし、するつもりもあった。だが、ショーンをたたきのめしたところで、グレースや彼女の家族にでたらめな説明をされるのがおちだ。

くぐもった声で悪態をつき、ジャックが襟から手を離すと、ショーンはよろめきながらあとずさりをした。「リサはやけを起こしていたんだよ」

けれど、ジャックにとっては、もうどうでもいいとしか思えなかった。

ショーンは襟元を直し、肩で息をした。

「あのときの彼女は、どうかしていた。とんでもないスピードで車を走らせていて、角を曲がってガソリンを積んだタンクローリーが見えたとき、僕はもうだめだと思った」

おまえがどんな思いをしようと知ったことか

ではないと言いかけて、ジャックはショーンの表情が突然変わったのに気づいた。

彼の目はジャックの背後に――ドアの向こうの廊下に向けられている。赤くなった顔を引きつらせ、そこにいる誰かを見つめているようだ。

グレースがやってきたのかと思ったが、誰かが家に入ってくる音は聞こえなかった。なにもないはずの空間を見つめるショーンの顔には、はっきりと恐怖が浮かんでいる。

ショーンは数回まばたきをし、なにか言いたげに口を開けたり閉じたりした。それでも、震える唇の間から言葉は出てこない。

やがて、悲鳴のような声で彼は言った。

「あれはいったいなんだ？」つばをのみこむ。「いったい……いや！　まさか、そんなはずはない」そうすれば見えているものを否定できるかのように、ショーンは首を振った。「おまえの魂胆はわかっている。僕の気が変になったと思わせたいんだろう？」

声を聞いたり、ほっそりした体がドア口で揺れているのを見たりするまでもなく、ショーンの反応からリサが現れたのがわかった。

ジャックはなにも見えないかのように言った。「いったいなにを言っているんだ、ショーン？　僕から話すことはなにもない。そのみじめな顔を二度と見るつもりもない」

「だが……ジャック……」ショーンは自分の

頭がおかしくなったのではない、という保証を必要としていた。だが、もっとも必要なときにリサを見捨てた相手に、ジャックが救いの手を差し伸べる理由は見つからなかった。

「消えろよ」ジャックが言うと、ショーンは家具にぶつかりながら、あわてて部屋を出ていった。

ジャックと二人になったとき、リサがせつなそうに言った。「あなたは私を決して許してくれないんでしょうね」

ジャックは首を振った。「君のことはずっと前に許していたよ、リサ」彼は悲しそうに言った。「グレースが理解してくれることを願うばかりだ」

16

グレースは、ゆっくりと湯につかるのを楽しみに家路を急いでいた。今日は会社で忙しいばかりではなかった。彼女がアパートメントをさがしていると聞きつけたウィリアム・グラフトンが、自分の所有する古い家をアパートメントに改築する計画があると話してきたのだ。そのせいで、ますます疲れは増した。

まるで彼が所有する建物に、私が住みたがっているかのような言い方だった。グレースは体を震わせた。そんなことをすれば、ドアにいくつ鍵をつけようと、彼がずうずうしく入りこんでくるに決まっている。

　改築の話が父の耳に入らないよう願うばかりだ。グラフトンと仲がいい父が聞いたら、ますます断りにくくなる。

　グレースが家に帰ったとき、父と母は家族用の居間で紅茶を飲んでいた。母の表情がめずらしく明るくて、グレースは少しだけ気持ちが軽くなった。

「紅茶を飲まない、グレース？　トムが今いれてくれたところなの」

「いいえ、いらないわ、ママ。もしかして、病院でもう大丈夫って言われたの？」

「まだよ。でも、きっとじきに言われると思うわ。ところで、あなたにうれしい知らせがあるの」

　きっとグラフトンが言っていたアパートメントの話だ。ああ、どうしたらうまく断れるだろう？「先に着替えてきてもかまわないかしら？」グレースは暗い声にならないように気をつけた。「大変な一日だったの」

「そんなに長くはかからないわ。トム、全部話してしまったら？　グレースは、あなたが心配するほどがっかりしないと思うわよ」

　がっかりする？「よくない話なの？」

「私たちにとっては申し分ないわ。トム、お金を失わなかったんだから感謝しなくちゃ。

儲《もう》けることはできなかったけれど、私に言わせればありがたい結果だわ」

　グレースは目をぱちくりさせた。「お金って、なんのお金？」耳から入ってくる内容が、どうしてもすんなりとのみこめない。

「私がおまえの役立たずの恋人に貸した金だ。あいつは心変わりして、ウェブサイトを立ちあげるのをやめたらしい」トム・スペンサーは妻を見て悲しそうに続けた。「イギリスを離れて、運試しにアメリカへ行くそうだ」

　グレースは大きく口を開けた。「出資したお金が戻ってきたってこと？」

「一ポンド残らずね」母は誇らしげに言った。「あなたは心配するほど悲しんだりしないはずだと、お父さんには言ったのよ」

「でも、おまえは彼が好きなんだろう？　でなければ、私だって金など渡さなかったよ」

「グレースを責めないで。あなただって、会社の役員になれると期待してたでしょう？　大金を手にするのは言うまでもなく」

　グレースの父は少しばかりきまり悪そうな顔をした。「いずれにせよ、私は家族のためを思ってしたんだ」彼が言い返すと、妻は元気づけるような笑みを向けた。

「わかっているわ、トム。私もグレースも、あなたを頼りにしているのよ」

　グレースはまだ信じがたい気分だった。

「つまり、抵当権を抹消できるのね？　ああ、よかった。お金が戻ってこないんじゃないかと、心配でならなかったの」
「私もよ」母は正直に言った。「それで、あなたのほうは大丈夫なのよね？」

ジャックは一抹の不安をかかえたまま、〈ベイホース〉に入っていった。十日前、ショーンは悪魔に追いたてられるように、リンディスファーン・ハウスから一目散に走り去っていった。

そして今、ジャックはグレースと話をするつもりでいた。彼女はいやがるかもしれない。ひょっとして、僕はグレースの気持ちを読み間違えているのだろうか？　だが、スペンサー家の経済状況を知って、彼は希望を持った。

ほかに出資者はいないのかとショーンにきいたとき、グレースの父が大金を出資していることをジャックはすでに知っていた。

ショーンはうぬぼれが強いくせにビジネスに関しては素人同然で、自分の資金繰りが簡単に暴かれるとは思ってもいなかったようだ。十万ポンドを融資したとき、ロンドンにいるジャックの公認会計士はすぐさまショーンの事業計画の実現性を調べた。その結果、ショーンの資金の使い道が明らかになった。ラスベガスへ旅行したことや、その際女性を同伴していたこともわかった。

両親が出資しているせいでグレースがショ

ーンから離れられないでいる、という解釈にはなんの確証もない。それでも金が戻った今、二人の関係が終わっていてくれたらと思う。

それとも、僕はかすかな希望にすがっているだけなのか？

こんでいないはずだと思って、ジャックは午後の早い時間を選んでパブの中に入った。予想どおり、店内では数名の常連客がビリヤードを楽しんでいるだけだった。

そして、トム・スペンサーがカウンターの奥でグラスを磨いていた。

やれやれ。

できれば、グレースの父親とは顔を合わせたくなかった。また言い争いになるのはごめんだ。だが、グレースの父親は店にいたうえに、残念ながらジャックに気づいてしまった。

ジャックは覚悟を決めて、パブの奥へと向かった。「こんにちは」彼はたたんだジャケットをカウンターの上に置いた。「ショーンがこれを僕の家に忘れていったので、来たときに渡してもらえると助かります」

トム・スペンサーは磨いていたグラスを置いて腕を組んだ。「ネスビットはもうここへは来ない。しかし、彼に送るようグレースに言うのはかまわないぞ」

「そうしてもらえるとありがたいです」

グレースとの話は日をあらためよう。ジャックがそう決めて背を向けたとき、トム・スペンサーが声をかけてきた。「一杯おごらせてくれないか、ミスター・コナリー？　私は君に謝らなければならない。ヨットでの私の態度は、ほめられたものではなかった」

　ジャックは言葉では表せないほど驚いた。グレースの父親に、まさか礼儀正しい対応をされるとは。

　ここ数日間にあったさまざまな出来事のせいで、僕への嫌悪感が鈍ったのかもしれない。そう思って、ジャックも礼儀正しく応じた。

「ありがとうございます。では、ビールをお願いします」

　トム・スペンサーはドイツ産のラガービールとグラスをカウンターに置き、慣れた手つきで栓を抜いた。「一緒に飲んでもかまわないかな、ミスター・コナリー？」

「もちろんですとも」ジャックが新たな驚きを隠して言うと、トムは自分のために黒ビールを注《つ》いだ。

　二人は黙ってビールに口をつけた。

　しばらくして、トムが口を開いた。「グレースは二度とネスビットに会うことはない」彼は淡々と言い、唇についた泡を手の甲でぬぐった。そして、のぞきこむようにジャックを見つめた。「知っていたか？」

　知っているわけがない。ジャックはそう言いたかったが、今は挑発的な言い方をするべきではないと考えた。「いいえ。十日ほど前に僕の家で決別してから、ショーンとは連絡を取っていませんので」

トムは顔をしかめた。「手を切ると決めたのは君か？　それとも彼か？」

「重大なことですか？」

「あいつと娘が別れても、君は残念だとは思っていないんだろう？」

「そうですね」嘘《うそ》はつくまいと、ジャックは決めた。「あなたは？」

「私？」トム・スペンサーは顔をしかめた。「まさか、残念とは思っていない。だいたい、あいつは信用できないと思っていた。だが、グレースがあいつを愛していると思いこんでいたんだ。だからヨットに行ったあの夜、口うるさい父親になってしまった」

ジャックはトム・スペンサーの正直な告白に驚いた。「なるほど。なんと言っていいのか……」

「私の思い違いかもしれないが、君はグレースに気があるんじゃないか？」トム・スペンサーはさらりと言った。「そうでないとしても、君がスーザンと私のためにしてくれたことは、心からありがたいと思っている」

「おっしゃる意味が――」

「私の目は節穴ではないぞ、ミスター・コナリー。ショーンに金を融通したのは愚かだったが、報いは受けたよ。ここ数カ月、私たち家族がどれだけつらい毎日を送っていたか」

ジャックは彼を見つめた。

「ショーンが我々に返した金の出どころは君なんだろう？　彼とグレースの会話を聞いてしまったんだ。私が貸した金は全部遣いはたしてしまい、返せないと言っていた」

「なるほど」

「君に会いに行くのに、ショーンは娘にも一緒に行ってもらいたがったが、娘は断った。一文無しになったことを両親に話すと脅されても、屈しなかったんだ。すると彼はそれきり姿を見せなくなり、ロンドンに戻ったとグレースから聞いた」

ジャックはうなずいた。「そのようですね」

「彼になにを言ったんだ？　金の使い道はすべて把握していると脅したのか？」

「覚えていません」ジャックはそう言って、ビールをごくりと飲んだ。「でも、あなた方にとっていい方向に進んでよかった。この店を失うあなたを、見たくはありませんでしたから」

「私もだ、ミスター・コナリー。だが、これだけは言っておく。君だろうがほかの誰だろうが、娘を傷つけたら、私は決して許さない」

「パパ！」

突然声がして、二人ははっとした。

ジャックがトム・スペンサーの背後に目をやると、グレースが建物の住居部分へと通じるドア口に立っていた。「パパ、いったいなんのつもりなの？　私を傷つけたと、ジャックを責めるなんて！　彼はそんなことしていないわ」

「こんなところでなにをしている、グレース？　まだ三時を過ぎたばかりだぞ」

「この近くの物件を見たいと言うお客さんがいたから、案内が終わったら今日はもう上がっていいってミスター・ヒューズに言われたの。そう言ってもらってよかったわ。私のいないところで、彼になにを話していたの？」

「ショーンのジャケットを持ってきたんだ」ジャックが割って入った。「僕の家に忘れていったんだが、彼の住所を知らなくて」

グレースがようやくジャックを見た。美しい緑の目は暗く曇っている。仕事用のスーツの、細くぴったりとしたパンツのせいで、彼女のセクシーな脚はますます長く見えた。

「本当にごめんなさい。あなたにひどいことを言う権利なんて、父にはないのに」

トム・スペンサーはため息をついた。「私は思っているままを言っただけだ。それにミスター・コナリーはここ一週間以上、おまえが毎晩ベッドで涙に暮れていたのを――」

「パパ！」

グレースは死にたくなるほど恥ずかしかったが、父は黙らなかった。

「そのとおりだろう、グレース？　私たちは

——私とおまえの母親は気づいていたんだ。心配で、どうにかなりそうだったよ」

「わ……私が泣いていた理由は、ジャ……ジャックとはなんの関係もないわ」

「わかっている。だが、ネスビットと別れたせいで泣いていたのではないよう願うよ。おまえには良識があるはずだ」

グレースはどこに視線を向けていいのかわからなかった。ジャックの黒い目はすべてを見通すように鋭い。「違うわ」グレースの唇が震えた。「どうしても……どうしても知りたいのなら言うけれど、私はずっと前にショーンには見切りをつけていたの」

ジャックは信じられないほどの安堵《あんど》を覚えた。ああ、僕にもチャンスがまわってきた。

「そう言ってくれてありがたいな」

ジャックの言葉に、グレースはジャケットの上から腕をこすった。こんなにも暖かい日なのに、なんだかぞくぞくする。

彼女が言葉をさがしていると、ジャックが続けた。「僕が君の本当の気持ちを知りたがっていたのには、気づいていただろう？」

グレースは舌で唇を湿らせた。「なぜ……なぜ私にわかるというの？ 私たち、言葉すら交わしていないのよ。あの夜——あなたがヨットを見せてくれた夜以来」

父のいる前では、そんな言い方しかできなかった。ヨットであなたに誘惑されそうになった夜、とは言えない。

「僕は、君がどう思っているのかわからなかった。だが、僕がまた会いたいと思っているのはわかっていたはずだ」

「父と帰っていく私を、あなたは引きとめようとしなかったでしょう」

「それは、君がまだジョーンを好きだと思っていたからだ」ジャックはため息をついた。

「自分の気持ちに気づきながら、君があいつを愛していると思うと、僕は落ちこんだ」

「自分の気持ち？」グレースがかすれた声で尋ねた。

二人の会話に自分はいらないとようやく気づいたらしく、トム・スペンサーが言った。

「私はワインセラーへ行くとしよう。夕食を食べていくなら歓迎するぞ、ミスター・コナリー」

トム・スペンサーが行ってから、ジャックはうなり声をあげた。「僕がどう思っているか、君にはわかっていたはずだ。どうがんばっても、隠せなかったんだから」

グレースはちらりと彼を見た。「話の続きは、私の部屋でしたほうがよくない？」

店の奥には、二階へと続く階段があった。グレースがジャケットを脱いでその手すりにかけると、シルク地のコーラルピンクのノースリーブシャツが現れた。彼女のシャツの下に手を入れ、やわらかな肌に触れたかったものの、ジャックはけんめいにこらえた。

グレースの部屋はさほど広くはなかったが、居心地はよさそうだった。壁の色は淡く、花柄のカーテンがベッドカバーとよく合っている。カーペットは茶灰色で毛足が長い。

ハイヒールを脱ぎ捨てたグレースは、先ほどの会話の続きをしようとした。

だが、ジャックは閉じたドアに寄りかかり、彼女に手を伸ばした。もどかしそうに引き寄せ、彼女の髪に指をくぐらせる。「いとしい人」少しばかりかすれた声で言い、彼は身をかがめた。

ジャックの唇がグレースの唇に近づき、ぴたりと重ねられると、彼女の口が開いて貪欲な舌を迎え入れた。彼が唇でグレースの唇をなぞると、彼女は喜びのあまり体が震えて熱くなり、うめき声をあげた。

グレースは手をジャックの顎に持っていき、無精ひげをいとおしそうに撫《な》でた。ジャックが私の部屋にいるなんて。二度と彼とは過ごせないとあきらめていたのに。

ジャックは、自分がグレースをどう思っているかを言葉で伝えたかった。そして、彼女がどう思っているかも聞きたかった。

それでも、ただグレースを腕に抱いてキスを続けることや、彼女の細い体が彼の体に降伏するのを感じたいという誘惑にも逆らえなかった。

ジャックには、グレースがショーンを許して結婚してしまうのではないかという恐れが、ずっとつきまとっていた。グレースを失ったら、リサを失ったときよりもずっとつらかっただろう。もちろん妻を愛してはいたが、グレースに対する愛情に比べれば、ひどく薄っぺらかった。

いったい、いつグレースを愛していると気づいたんだろう？　コテージで彼女を胸に抱いたとき？　それとも、海岸で誰かに見られている危険も顧みずに愛を交わしたとき？　あるいはヨットで彼女の父にじゃまされたとき？　その全部のような気がする。初めて会った瞬間から、二人の間に特別な結びつきを感じないことは一度もなかった。

ジャックは唇を離し、グレースの顎の下に顔をうずめた。彼女の肌はとてもなめらかでやわらかく、ぬくもりが波のように伝わってくる。そして、間違いようのない欲望の香りも。グレースが片方の脚をジャックのふくらはぎに巻きつけると、自分の体からも同じ香りが立ちのぼるのがわかった。

「私が欲しい？」息とともにこぼれた言葉に、ジャックはくらくらした。

両手でグレースのヒップの挑発的なふくらみをさがし求める。「だが、僕たちは話し合わなければ、グレース。それに、ここで求め合ったら、君のお父さんはどう思うだろう？」

「父はあなたが来てくれて喜んでいるみたいよ」グレースはつぶやいた。「あなたに腹をたてているのかと思ったけれど、違ったでしょう？　父のことは大丈夫」彼女は爪先で立ち、自分の体をますますジャックに押しつけた。「あなたに事情を打ち明けなかったのは、助けてもらいたがっていると思われたくなかったからなの。だって、父はショーンのためにパブを抵当に入れたんだもの」一瞬黙りこむ。「ショーンが最後にここへ来たとき、父が出したお金はすべて遣ってしまって、もう返せないと言われたわ。そして力を貸さなければ、両親に全部をぶちまけると脅されたの」

やはり、ショーンを殴ってやればよかった。

「でも、私はもう手を貸すつもりはなかった。そしたら、どういうわけか、今週になってお金が戻ってきたの」グレースはため息をついた。「そう聞いて、どれほどほっとしたか。いったいどんな心境の変化かしら？」

「さあね」ジャックはあいまいな言い方をした。いずれにせよ、彼にとっても最高の取り引きだった。

グレースは彼の体に腕を巻きつけた。「ねえ、私、ショーンに感謝しているの」

「ショーンに？」ジャックの顔が曇ったので、グレースの頬にえくぼができた。

「あなたの家にジャケットを忘れてくれたから」グレースはあいている手で彼のズボンからシャツをたくしあげた。そして温かくてかすかに湿った肌に手を広げ、そっと撫でた。

「ここは暑いわ。シャツを脱いでしまえば？」

願ってもない提案だ。ついでに、きつくなりはじめているジーンズもそうしたい。

グレースの指がジーンズの中にすべりこむと、ジャックはうめき声をあげた。脈拍が途方もなく速まる。「ショーンは、最後に僕に会いに来たときのことを話したか？」

「いいえ。だってあの日、あなたのところへ行ったきり、彼とは会っていないもの」

「彼はパブには戻ってこなかったのか？」

「ええ、そのはずよ。ああ、はっきり言うけれど、ショーンとは何カ月も前に終わっているわ。彼、私に内緒で別の女性と会っていたの。もう恋愛はこりごりだと思ったわ。でも、あなたが……そう、あなたがあんまり魅力的だったから」

ジャックは息をのんだ。「冗談だろう！」

「いいえ、本当よ」

「それじゃあ、ショーンが融資を頼みに来たとき、君が腹をたてていたのは僕に対してではなかったのか？」

「ええ」グレースは息を吸った。「私のこと、ひどい浮気女だと思ったでしょうね」

「僕はそんな言葉は使わないぞ」ジャックが

顔をしかめ、彼女は少しばかり笑った。「だが、ショーンのせいで、僕も眠れない夜がしばらく続いたんだ。なにしろ、彼がつき合っている女性に恋をしてしまったんだから。リンディスファーン・ハウスを売って、この土地から引っ越すことさえ考えたよ」

　グレースは首を振った。「私こそ、あなたにとってはただの気晴らしにすぎないと思っていたわ。奥さんを亡くした悲しみをいっときでも忘れるための」

「いや、違う」ジャックはきっぱりと言った。「君に対する感情は気晴らしなんかじゃない、スイートハート。君がほかの男を愛していると思ったときほど、絶望を感じたことはなかった」

「本心なの？」

　ジャックが太腿をグレースの両脚の間に差しこむと、彼女はさぐるような目を向けてきた。澄んだ緑色の目に溺れそうになる。

「こんな気持ちになったのは初めてだ」

　グレースは震える指でジャックの唇に触れた。「愛しているわ、ジャック。きっと初めて会った瞬間からわかっていたのよ。あなたは私に興味がないといくら言い聞かせても、自分の気持ちを打ち消せなかったの」

「言ってくれればよかったのに」ジャックはかすれた声で言った。彼の胸に押しつけられたグレースの胸の鼓動が速まる。「ヨットで君に置き去りにされてからというもの、ずっと地獄にいる気分だった」

「私もよ」グレースは唇を固く結んでから、おずおずときいた。「父が話していた女性というのは、本当に奥さんの妹なの？」

「デブラか？　ああ、そうだ」ジャックは彼女の顎を指ではさみ、口の端にからかうようなキスをした。「リサが亡くなってから、デブラはいつも僕を守ろうとしていたんだ」

「あなたを愛しているの？」

「そう言っていた。僕にとってはリサの妹にすぎないし、ときには少しばかり厄介な存在でもあった。でも、彼女は本当に僕を気遣ってくれた」デブラから聞かされなければ、リサとショーンの関係について知ることは絶対になかっただろう。「知り合いになれば、きっと君もデブラを好きになると思うよ」

「そうかしら？　あなたを愛している人を好きになるなんて、むずかしい気がするわ。もちろん、家族は別だけれど」

「気持ちはわかるよ」ジャックは再び顔を近づけて、グレースの首の横にそっと歯を立てた。「君のお父さんは、僕をそんなに悪い人間ではないと判断したようだ。彼が僕の両親に会うのが楽しみだよ」

「あなたの……ご両親？　お二人がこちらに来るの？」

「ああ、来るだろうな、いつかそのうち」ジャックは言った。「結婚式より前に、お互いの両親を会わせたいと思っているよ」

「それって……もしかしてプロポーズ？」

「違う」ジャックはからかうようにグレースを見た。「僕はそれほど厚かましくない」

「厚かましい？」

「そうとも。まだ君のお父さんからお許しをもらっていないだろう？　そっちが先だよ」彼はきっぱりと言った。「たとえ、ひざまずかなければならないとしてもね」

「ああ、ジャック。心から応援するわ」

熱く硬く脈打つ体が、彼女の太腿あたりに感じられる。「そろそろ階下《した》へ行って、僕たちの考えを話さないか？」

「もう少ししたらね」

グレースは急がず、ジャックの首に腕を巻きつけ、豊かな黒髪に指を入れた。自分に触れているジャックの体の感触が心地よく、彼特有の男らしく官能をくすぐる香りが好きだった。そして、ほかの誰とも分かち合ったことのない密接なつながりをなによりも大切にしたいと思った。

「わかっていると思うけれど」グレースはかすれた声で言った。「その前に、私たちには片づけなければいけないことがあるから」

エピローグ

グレースは今まで授賞式というものに出たことがなかった。ましてや、来賓としての挨拶を頼まれた経験などあるわけがない。

しかも、初めての子供を身ごもって妊娠後期に突入した今、自分の体が象になったような気がしてならないのだ。

「私には無理よ」彼女は穴があきそうなほどジャックの手をきつくつかんだ。「したことがないんだもの」

「なんにだって初めてはある」ジャックは小声で言った。「ここにいる僕は君の夫だ。むずかしいことなど、なにもないだろう?」

「でも、赤ちゃんが……」

彼は聴衆の視線を無視して妻のほうに身をかがめ、唇で彼女の唇をかすめた。

たちまち、グレースの胸がどきどきした。ジャックにほんの少し触れられただけで、彼女の体はとろけてしまう。グレースも夫に触れたくてならなかったが、ステージの下には百人以上の聴衆がいる。そこで彼女はジャックの太腿をぎゅっと握り、彼が息を吸いこむ音を聞くだけで満足するしかなかった。

「あとで。約束だぞ」ジャックがかすれた声で言って妻の手をどけたとき、市長の話が始まった。

グレースは突き出たおなかをぼんやりと撫《な》でた。あと二週間。この子が生まれるのが待ち遠しくてならない。ぴたりと貼りつくジャージー生地ではなくもっと体型の隠れるものを着たかったが、僕はこの場にいるすべての男性の羨望の的だと、ジャックは誇らしげだ。

少なくとも、暖かさという点では文句なしの服だった。ノーサンバーランド州の三月は、まだ暖かい季節とは言えないのだから。二人がいる場所が、暖房のきいたホールであるのはありがたかった。彼女の父が強く抗議しなければ、授賞式は外で行われる予定になっていたのだ。

今回の受賞は、カルワースのコテージの改装に関連していた。独創的な設計に関してはすでに表彰され、政府から同じ地区でほかの建物をリフォームする許可も得ていた。

その結果、ジャックに栄誉ある賞を与えて町の魅力も宣伝しようと、地元の商工会議所が今回の式典を計画したのだった。

カットガラスで作られた三角定規の記念品を贈呈する役がグレースにまわってきたのは、どうやら父の差し金らしい。

七カ月前にグレースとジャックが結婚してから、トム・スペンサーとジャックの父パトリック・コナリーは大親友となり、時間を見つけては釣りやアイリッシュウイスキーを一緒に楽しんでいた。ジャックの両親は式典にも駆けつけていた。

やがて、グレースが挨拶をする番となった。彼女が立ちあがると、夫は励ますようにその手を一瞬ぎゅっと握った。挨拶はとても短かったし、彼女は夫のことを話すのが好きだったけれど、堅苦しい雰囲気のせいか気分は落ち着かなかった。

それでも記念品がジャックの手に渡り、グレースは安堵《あんど》のため息をついた。

そのとたん、おなかのあたりに刺すような痛みが走った。グレースはなんとか笑みを浮かべていたが、ジャックがすぐ妻の異変に気づいた。謝辞を短く切りあげ、彼女の腰に腕をまわす。「どうかしたのか?」

グレースは、運命のいたずらを嘆くような顔で夫を見た。「赤ちゃんが……。クリニックでは、予定より少し早くなるかもしれないと言われていたの」彼女は腰に手をあてた。「ダーリン、式典をだいなしにして申し訳ないけれど、車を拾ってきてちょうだい」

ジャックはうろたえた。「ああ、こんな時期に君を引っぱり出すべきではなかった」

「あなたが賞をもらえたからいいのよ」グレースは少し苦しそうに笑った。「でも、もう家に連れて帰ってほしいの」

静かだった会場が突然騒がしくなった。い

くつもの足音がステージを駆けあがってくる。

「すぐに病院へ連れていかないと」スーザン・スペンサーがその場を取り仕切ろうとした。けれど、グレースはジャックにしがみついた。

「家へ」彼女は夫を見つめたまま、懇願するように言った。「ダーリン、この子は家で産むと約束したはずよ」再び痛みが襲い、息を吸う。「私なら大丈夫。本当よ。フォレスター看護師に連絡して」

両家の母親は心配のあまり抗議の声をあげたが、ジャックはきっぱりとうなずいた。

「家へ戻りましょう。お二人ともなにか役に立ちたいとお考えなら、市長たちに我々の謝罪の気持ちを伝えてもらえませんか？」

「でも、ジャック――」

しかし、ジャックとグレースは両方の父母の抗議の声を無視して、ホールをあとにした。

そうしたのが正しい決断でありますようにと、ジャックは願い、祈った。グレースの身になにかあったら、僕は生きていけない。その不安がひどく現実味をおびて感じられる。

その後の数時間は、混沌《こんとん》としていた。

リンディスファーン・ハウスに戻ると、連絡を受けていたミセス・ハニーマンの手で、寝室には出産の用意が整えられていた。

グレースはぎりぎりまでジャックと一緒にいたいと言いはり、なかなか寝室へ向かおうとしなかった。やがて、赤ん坊の頭が見えはじめていると看護師が言ったとたん、ジャックは妻を二階の寝室へと運んでいった。

　ようやく、ジャック・トーマス・パトリック・コナリーは産声をあげた。元気な泣き声を聞きつけて祖父母たちは寝室に駆けつけてきたが、看護師は中へ入れようとしなかった。

「新米のご両親に少しばかり時間をあげましょう」頬を赤くして満足そうな笑みを浮かべたフォレスター看護師は、寝室から出てくると祖父母たちにそう言った。

　四人は看護師の言葉に従い、ミセス・ハニーマンのいれた紅茶を飲みながら居間で待つことにした。

　ジャックとグレースは生まれたばかりの赤ん坊に見とれていた。

「言ったでしょう?」グレースは夫の頬を指でやさしく撫でながら言った。「私は見た目以上に強いんだって」

「僕が知らないとでも思ったのか? 君はいつだって、その小さな指で僕をしっかりとつかまえているんだからね」

「愛しているわ」グレースは身を乗り出して彼にキスをした。ジャックもキスを返した。

「僕も愛している」彼は心からそう言った。「こんな幸せな気分になったことはない」

　リサはあれから一度だけ姿を見せた。

科学博物館の設計に集中していたとき、ジ

ヤックはふと彼女の存在に気づいた。

〝幸せになれたのね〟その声にはせつなそうな響きがはっきりと感じられた。〝ああ、ところで、ショーンにわずらわされることはもうないわ。私がしっかりと手を打っておいたから〟

どうやらその言葉は嘘《うそ》ではなかったらしく、最後に聞いたところでは、ショーンはオーストラリアに移住したという話だった。そんなことをしても、リサからは逃げられないのに。

リサがどこにいるにせよ、彼女も安住の地を見つけたと、ジャックは思いたかった。

ジャックは身をかがめ、生まれたばかりの息子を抱きあげた。父親にそっくりな黒い目が、眠そうだがどこか満足げな表情を浮かべてじっと彼を見つめている。

「美しい子だ」ジャックは誇らしげに言った。

「君も美しい。僕はどうやって君のような女性を見つけられたんだろう?」

「ただ運がよかっただけよ、きっと」グレースは目を輝かせて言った。過去の亡霊に悩まされずに未来と向き合えるのは、なんとすばらしいのか。ジャックはしみじみとそう思った。

ハーレクイン®

億万長者と囚われの君

2016年11月5日発行

著　者　アン・メイザー
訳　者　麦田あかり（むぎた　あかり）

発行人　グレアム・ジョウェット
発行所　株式会社ハーパーコリンズ・ジャパン
東京都千代田区外神田 3-16-8
電話 03-5295-8091（営業）
0570-008091（読者サービス係）

印刷・製本　大日本印刷株式会社
東京都新宿区市谷加賀町 1-1-1

ISBN978-4-596-13200-0 C0297

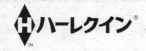